Bild Frontcover:
 Almanach national de France 1799
Bild Backcover:
 Centre historique des Archives nationales - Atelier de photographie, 1799

Johannes (*Jean*) von Birnbaum

Vom Sohn eines Queichheimer Tagelöhners zum Appellationspräsidenten in Zweibrücken

- auf seinen Aufzeichnungen basierende Biografie -

Johannes von Birnbaum (unbekannte Quelle)

© Rainer Flätgen, 1. öffentliche Auflage

Herstellung und Verlag:

BoD - Books on Demand, Norderstedt

ISBN: 978-3-7386-3991-9

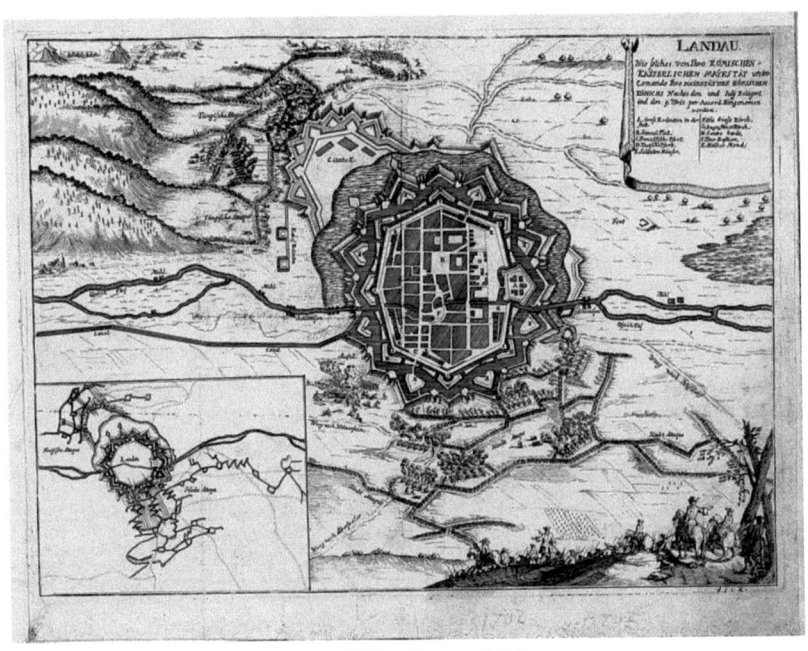

(Quelle Wikipedia, gemeinfrei)

Kupferstich der, im Polygonal – Stil (Vieleck), nach *Vauban's* Plänen erbauten Festung Landau um 1702, während der Belagerung im Spanischen Erbfolgekrieg unter Festungskommandant *Mélac*, in welchem sie an die kaiserlichen Belagerer fiel, aber schon 1703 holte sich Frankreich die Festung wieder zurück. Bis 1713 wechselte sie noch dreimal den Besitzer, wurde jedoch immer wieder von den Franzosen zurück erobert. 1815 dann, nach den Kämpfen mit Napoleon, die Erklärung zur „Festung des Deutschen Bundes". Ab dem Jahr 1871 wurde sie schließlich, nachdem sie bereits 1867 zum Depotplatz heruntergestuft worden war, da die Festung technisch überholt und durch den Wegfall Landaus als (französische) Grenzstadt nutzlos, geschleift (Schleifung / Abriss, man spricht in diesem Fall auch von einer *Defortifikation* / Entfestigung). Im Stadtbild vorhandene, sogenannte Ringstraßen deuten häufig auf eine ehemalige Festung hin (Ost-, Westring etc.), die sich an der Kernstadt, nach Abriss der Stadtbefestigung und Erweiterung des Stadtgebietes, orientieren. In einem Teil der noch vorhandenen

Reste der Festung (dem Fort, der ehemaligen Citadell), sind die Universität und der Zoo untergebracht. Die beiden Stadttore („das Teutsch und Französisch Thor"), sowie Ein- und Auslassschleuse, welche im Kriegsfall die Aufgabe hatten, den inneren Graben zu fluten und wieder zu entwässern, die rote Kaserne, das Zeughaus und die ehemalige Kommandantur aus der bayerischen Zeit, jetzt Sitz des Rathauses, sind ebenfalls noch vorhanden. Grenzen der Kernstadt innerhalb der Befestigung waren im Osten die Commissionsstr. (heute Reduitstr.), im Süden die Reiterstr., im Westen die Waffenstr. und im Norden die Kramstr., daraus ist in etwa ersichtlich, wenn man sich einen heutigen Stadtplan vor Augen hält, welches Areal der Stadt damals zugrunde lag. Im Bereich vor den Festungsmauern, also ausserhalb der Stadt, durfte aufgrund der sogenannten Rayonbestimmungen (*Rayon* = Strahl [Beschuß]) keine Bebauung vorhanden sein, um dem Gegner im Angriffsfall keine Deckung zu bieten, dadurch konnte sich die Stadt nicht weiter ausdehnen, eine Lockerung kam erst 1867, nach der Rückstufung zum Depotplatz (Festungsrayon, ein aus drei festgelegten Zonen um eine Festung bestehender Bereich, dessen Bestimmungen sich von der ersten bis zur 3. Zone auflockerten, für Frankreich galt: 1. Festungsrayon bis 250m vor der Mauer keine Bebauung, 2. bis 500m nur Holzgebäude, 3. Geländeveränderungen bis 1000m nur mit Genehmigung der Kommandantur, die deutschen Vorschriften gingen noch weiter).

Unterschrift Napoleons

(Quelle Wikipedia, gemeinfrei)

„Wenn Geburt und Reichthum Ansprüche auf Ehre und Ansehen geben, so habe ich keine darauf zu machen; denn der Himmel hat mich weder von vornehmen noch reichen Eltern, nicht einmahl in einer Stadt, sondern in einem kleinen, unbekannten Dörfchen, geboren werden lassen. Wenn aber Rechtschaffenheit und Tugend im groben Kittel den Menschen adeln, so darf ich mich meiner Abkunft rühmen ; denn rein und fleckenlos war das Leben meiner Eltern, und sie waren von jedem, der sie kannte, geschätzt und geliebet."

(Johannes von Birnbaum, aus seinem Buch: Die Geschichte der Stadt Landau und der Dörfer Queichheim, Dammheim und Nußdorf, 1826)

(Zitate / übernommene Urtexte sind in anderer Schrift und Anführungszeichen, Fremdsprachliche Namen und Wörter sind ausserdem, wenn nicht mehr im Sprachgebrauch aktiv, tlw. in Kursiv gesetzt)

Vorwort   Seite   9

Inhaltsangabe   Seite   15

Biographie   Seite   17

Tafeln   Seite 199

Mein Dank gilt natürlich in erster Linie Johannes von Birnbaum, den nachstehend zitierten Autoren, und Wikipedia, dessen treues Mitglied ich bin.

Vorwort

Seine selbst verfasste Lebensgeschichte und die Kurzbiographie eines Mitautors *s.u.) aus seinem Buch „Die Geschichte der Stadt Landau und der Dörfer Queichheim, Dammheim und Nußdorf, 1826", waren der Antrieb, die Höhen und Tiefen, die der gebürtige Sohn eines Tagelöhners, Johann Bierenbaum und spätere Johannes von Birnbaum, während der Wirren in der französischen Zeit, bzw. der französischen Revolution, die Zeit der Kriege und der anschließenden kurzen Phase als preussischer und danach bayerischer Untertan erlebte, einem interessierten Publikum neu zugänglich zu machen, im Einklang mit einigen Anmerkungen, da vieles, was damals zum täglichen Leben, gehörte, in 200 Jahren vergessen, heute jedoch, durch Ergänzungen und geschichtliche Hintergründe, möglich ist. Aber, wer kennt ihn und sein Lebenswerk noch, selbst in Queichheim, dem Geburtsort des, ab 1824 bis zu seinem Tode, höchsten Richter Bayerns, da die linksrheinische Pfalz ab 1816 dem Königreich Bayern zugesprochen wurde? Selbst im Besitz einer Original-Ausgabe der „Geschichte der Bundesfestung Landau ...", faszinierte mich dessen Vita schon beim Lesen, dieser, natürlich nach seinen eigenen Erfahrungen und Erinnerungen verfassten Lebensbeschreibung, und dem Umgang, den er mit so vielen

Persönlichkeiten während seines Lebens hatte, dermaßen, daß ich diesen Gedanken nach einiger Zeit in die Tat umsetzte. Das Geburtshaus Birnbaums in Queichheim, Hauptstraße 106, unweit der protestantischen Kirche, existiert nicht mehr, eine Gedenktafel zur Erinnerung an sein Lebenswerk, von einem Queichheimer Bürger gestiftet, wurde an diesem Haus angebracht und später nach dessen Abriss und der Restaurierung der Tafel, an der Kirchenmauer mit dem Hinweis auf das gegenüberliegende, nicht mehr vorhandene, Anwesen Nr. 106 befestigt, auch wurde in Queichheim eine Straße nach ihm benannt. Als Kind hatte er von seinem Vater eine Ohrfeige erhalten, als er sich bei Gesprächen unter Erwachsenen einmischte, und stolz verkündete, er werde den Prozeß um den „Horst" zur Entscheidung bringen (worauf im Anhang, Nr. [18] im Detail eingegangen wird). Damals stritten die Stadt Landau und das Dorf Queichheim um die Eigentumsrechte, heute befindet sich hier zum Teil ein Industrie- und Wohngebiet, und wirklich entschied er im Frühjahr 1795 als Sekretär der Distriktsverwaltung den Streit über das ehemalige, entlang der Queich gelegene Wald- und zu jener Zeit, aus Mangel an diesen Flächen, gewordene Weidegebiet. Die Liebe zu Queichheim, das von den Franzosen, wegen seiner Nähe zur Stadt, *„le petit Landau"*, das kleine Landau genannt wurde, hatte er sein Leben lang beibehalten, als Kind wollte er es nie verlassen, und später dort begraben sein. „Ueberhaupt hat mich die Anhänglichkeit an mein liebes Queichheim unter keinen Umständen und nirgend verlassen; im Gegenteil hänge ich demselben auch jetzt noch so warm an, daß ich den Winter meines Lebens daselbst zubringen und dort sterben zu dürfen wünsche", schildert er das Verhältnis zum Ort in seinen Erinnerungen. Dieser Wunsch wurde ihm nicht gewährt, er starb am 20. Mai 1832 in Zweibrücken. Zur Landauer Geschichte ab der Franzosenzeit (die Stadt wurde zunächst als zusätzliche Befestigung zum Schutz der Burg Landeck um 1260 durch Graf Emich IV. von Leiningen – Landeck [* um 1215, †1281] gegründet und schon 1274 durch den Habsburger König Rudolph I. [*1218, †1291] zur Reichsstadt erhoben): 1648, nach dem 30jährigen Krieg unter französischen Schutz gestellt, und 1697 durch den Rijswijker Frieden auch staatsrechtlich, mit neun anderen Elsässer Reichsstädten, Frankreich zugesprochen (der sogenannten Dekapolis, dem Zehn – Städtebund [*Décapole*], dem Landau ab dem Jahr 1521 angehörte, nachdem die Stadt Mühlhausen [*Mulhouse*] aus diesem ausgetreten, und 1515 der schweizerischen Eidgenossenschaft beigetreten war). Birnbaum war also Franzose, da dieser Teil der Pfalz von 1680 bis 1815, durchgehend dem, kulturell zwar deutsch geprägten, Elsass und dadurch, dem Königreich und der späteren Republik, Frankreich angehörte, eben ein 'geborener Franzose', was später, unter der kurzen preussischen Herrschaft, wie man sehen wird, eine Rolle spielen sollte. In den Jahren 1688 bis 1691 erfolgte der Bau der Festung unter Festungsbaumeister *Sébastien Le Prestre,*

Seigneur de Vauban (*1633, †1707, ein Modell der Festung und Stadt von 1740 ist im Archiv des Historischen Museums Landau zu sehen). Im Rastatter Frieden von 1714 wurde geregelt, dass Frankreich, mit Ausnahme von Landau, alle rechtsrheinischen Gebiete im Reich räumen musste. Landau, das noch 1648 formal deutsch geblieben war, aber vom Deutschen Reich 1680 eben doch mit den anderen neun Reichsstädten, namentlich Colmar (auch Kolmar, *Colmer*), (Bad) Dürkheim (Türkheim / *Turckheim*), Hagenau (*Haguenau*), Kaisersberg (*Kaysersberg*), Münster im Gregoriental (*Munster*), Oberehnheim (*Obernai*), Rosheim, Schlettstadt (*Sélestat*) und Weissenburg (*Wissembourg*) im Stich gelassen wurde, und sich durch diesen Umstand dem französischen (Sonnen)König Ludwig XIV. die Möglichkeit erschloß, diese einfach zu annektieren, bzw. 1685 aufgrund der Schwägerschaft zum, kinderlosen, pfälzischen Kurfürsten Karl II., nach dessen Tod und entgegen dem Erbschaftsvertrag, Anspruch auf die Kurpfalz zu erheben (Karls Schwester war die berühmte „Liselotte von der Pfalz", die 1671 aus politischen Gründen mit Ludwigs Bruder *Philippe von Orléans* verheiratet wurde, und deren „unkonventioneller" Briefverkehr historische Bedeutung erlangen sollte). So kam es im weiteren Verlauf, als Folge der *Reunions*-, Vereinigungspolitik, zum pfälzischen Erbfolgekrieg (1688 bis 1697) und 1689 zu den großen, systematischen Verwüstungen französischer Truppen in der damaligen Kurpfalz, Kurtrier, und Württemberg. Im

Gegensatz dazu verhielt es sich u.a. 1792 bei der Stadt (Bad) Bergzabern, und 1793 bei den Dörfern Mörzheim (Mörnzheim), sowie Ober- und Niederhochstadt, welche selbst den Anschluß an die französische Republik beantragten. Die Umstände während des Krieges und der französischen Revolution ermöglichten jedoch vielen Niedriggeborenen eine Chance, sich auf dem Schlachtfeld oder eben auch in zivilen Berufen, ihre ihnen angeborenen Fähigkeiten („Talente") auszubauen und sich hochzuarbeiten, und Johannes von Birnbaum wußte dies mit Fug und Recht zu seinem Vorteil zu nutzen.

---

*ob hier, der in den Jahren 1793 und 1795 amtierende Landauer *Maire*, also Bürgermeister, und spätere, bis 1815 amtierende Polizei = Kommissär, Johann Jakob Glöckner aus Landau, den „kurzen Abriss der Lebensgeschichte des Verfassers" bzw. „die angehängte Selbstbiographie von dritter Hand besorgt" in der *„Geschichte der Stadt und Bundesfestung Landau mit dazugehörigen Belegen"*, schrieb und der schon im Buch *„Die Geschichte der Blokade von Landau 1793, Von Augenzeugen beschrieben und auf unläugbare Urkunden gegründet"* aus dem Jahre 1804 (Kriegs=Kommissär Glöckner) als Mitautor und / oder -verleger aufgeführt wird <„Glöckner, Birnbaum und Kompagnie">, ist mir nicht bekannt.

Inhalt (Biographie):

Kindheit und junge Jahre	Seite 17
Schulzeit	Seite 21
Der plötzliche Tod des Vaters	Seite 27
1778 – Die Lehrzeit	Seite 31
1781 - 1785, Lossprechung in Germersheim und neue Anstellung in Landau	Seite 36
1789 – „Die Revolution brach aus..."	Seite 39
1793 / '94 – Die Blockade der Stadt Landau	Seite 49
1795 – von Weissenburg zurück nach Landau	Seite 56
1797 / '98 – als Kantons Friedensrichter	Seite 60
Beschreibung der Wirren des Revolutionskrieges und der anschließenden Landauer Besatzungszeit	Seite 63
1799 – als Departementverwalter in Straßburg, Napoleons Rückkehr aus Ägypten und dessen Wahl zum ersten Konsul	Seite 72
1800 – Präfekt des *Département des Forêts* (Wälder = Departement) in Luxemburg	Seite 84

1801 - am Appellationsgericht in Brüssel und das Attentat auf *Napoleon Bonaparte* — Seite 100

1803 – Appellationsrichter in Trier — Seite 115

1813 - ein Alptraum in Mainz — Seite 126

1813 / 1814 – als Assisen = Präsident in Mainz und die Rückkehr des Krieges, die Alliierten im Frühjahrsfeldzug — Seite 136

1814 – Präfekt des Wälder-Departements in Echternach und die Rückkehr des Krieges (6. Koalitionskrieg) — Seite 149

Freiherr vom Stein und die Franzosen — Seite 165

1815 - Napoleons kurzes Gastspiel: Die Herrschaft der 100 Tage und die Niederlage bei Waterloo — Seite 178

1815 - Vizepräsident am Appellationsgericht in Kaiserslautern — Seite 183

Leben unter bayrischer Krone, Verleihung des Civil = Verdienstordens 1817 und 1824 als Präsident des Appellationsgerichtes in Zweibrücken — Seite 188

Biographie

Kindheit und junge Jahre - „Wenn Geburt und Reichthum Ansprüche auf Ehre und Ansehen geben, so habe ich keine darauf zu machen ..."

Geboren wurde er als Johann(es) Baptist Bierenbaum, am Morgen des 6. Januars 1763, einem Donnerstag (auch da schon dem Jahrestag der `Heiligen drei Könige´), in Queichheim bei Landau, zwischen 9 und 10 Uhr als Sohn des evangelisch – lutherischen Tagelöhners Abraham Bierenbaum und dessen Ehefrau Maria Barbara, geborene Daumüller, die erst als „Bauren Magd" und später als „Wehemutter" (alter Begriff für Hebamme) tätig war. Johannes fing bereits während der Schulzeit in Landau an, seinen Nachnamen in Birnbaum umzuschreiben, seine Brüder sollten diesem Beispiel im Nachhinein folgen. Nun war das Umschreiben von Namen zu jener Zeit, trotz erster Ansätze gesetzlicher Regelungen ab 1677 durch den Kurfürsten von Bayern, der Abschaffung der allgemeinen Namensfreiheit, welches später von anderen deutschen Ländern übernommen wurde, und 1794 durch die preussische Rechtsreform im Deutschen Reich, problemlos möglich, denn das Gesetz wurde, da es ohne Strafen und rechtliche Folgen blieb, einfach nicht beachtet, selbst wenn der Name einmal auf einer Behörde verkehrt eingetragen wurde, hieß man eben so. Auch in der Ahnenreihe des Schreibers dieser Zeilen sind nachweislich seit dem 17. Jahrhundert drei Änderungen vorhanden. In Frankreich wurde, anfänglich während der Revolution 1791, bzw. 1792 mit dem Zivilstandsregister, und später im *Code Civil* ab ca. 1804 das Namensrecht geregelt, im Deutschen Reich ab 1875 durch Einführung des Personenstandsgesetzes „festgeschrieben", bedeutet, Namen konnten dann nicht mehr grundlos abgeändert werden. Im Mittelalter wurde die Namensgebung von Herkunftsort, Flurnamen, körperlichen, bzw. charakterlichen Eigenschaften, Beruf aber auch einem ausgeübten Amt bestimmt [z.B. Meyer, Meier etc.: Gutsverwalter / -vorsteher, oder Keller, Kellerer, Kellner etc.: Kellermeister, Ministeriale / Wirtschafts-, Finanzverwalter]. Bei den Familiennamen Bangemann, Furchtmann oder Angstmann z.B., kann die äußerliche Erscheinung eine Rolle gespielt haben, jedoch auch der „Beruf" des Scharfrichters mit einfließen, auch der Name Steinmeier soll dazu zählen, in diesem Fall vom Richtstein herkommend. Aber wichtiger blieb, außer beim Adel infolge von Erbansprüchen, der Vor- oder Rufname. Von der Familie väterlicherseits, Bierenbaum, ist über den Großvater hinaus nicht mehr bekannt, als daß sie aus Westfalen stammen sollte. Wann und von wo der Großvater aus Westfalen nach Landau kam, ist unklar, Bierenbaum ist ein recht häufiger Name, der in den verschiedensten Variationen und Ländern vorkommt: Bierenbaum, Birenbaum, Birnbaum, Berenbaum etc., in Deutschland, Frankreich, Polen, England, Amerika, durch Einwanderung, und eben auch in Westfalen. Über die Vermögensverhältnisse des Großvaters schreibt er selbst: „Mein Großvater war so arm, daß er in seinem Alter meist von Wohltaten lebte" und zu dessen Verhältnis zu seinem, Johannes´ Onkel, der die Laufbahn eines Schullehrers eingeschlagen hatte und womit er, warum auch immer, nicht einverstanden war, berichtet er „Mein Großvater war jedoch so sehr in Verfall gerathen, wo einer seiner Söhne evangelisch = lutherischer Schulmeister geworden war, und dort [im Amt] starb." Die Familie mütterlicherseits war eine angesehene Bürgers = Familie aus Landau (in Landau bestanden mindestens zwei Geschäfte unter dem Namen Daumüller: Eine ehemalige Färberei Daniel Daumüller, die wohl ab 1824 durch Ludwig Hessert, und später von „Sibilla Arnsperger, Ludwig Hessert seel. Wittwe" [Intelligenzblatt des Rheinkreises 1825 / Landauer Wochenblatt 1827] fortgeführt wurde, sowie eine um 1800 erwähnte Brauerei Johann Peter Daumüller, 1829 ist im „Intelligenzblatt des Rheinkreises" eine Anna Sibilla Daumüller aufgeführt, die eine Gütertrennungsklage gegen ihren Ehemann, Heinrich Schickendanz, Zeugschmied und Büchsenmacher, eingereicht hatte, jedoch: Der Name Daumüller kommt öfter in Süddeutschland, nämlich Bayern, Baden und Württemberg, sowie in der Schweiz vor - und - oft waren es Kauf- oder Bürgersleute, allerdings könnte der Name seine Herkunft auch von den früher, westlich („gegen Abend") bei Queichheim, auf beiden Seiten der Queich gelegenen, Damm- und später benannten Daumühlen haben, die in der ältesten bekannten Urkunde als Schenkung des Bischofs Guntram von Speyer 1147 an das Kloster Hördt aufgeführt sind. Diese wurden 1792 abgerissen und durch eine Schanze, die damalige Daumühlschanze, als Teil der Befestigungsanlage von Landau, ersetzt (der Abriss der Mühlen war wohl auch der steten Versandung der Queich und den dadurch entstandenen Überschwemmungen geschuldet, die mehrere Gebäudeschäden nach sich zogen, sowie einem „unfreundlichen" Brief aus dem Kriegsministerium, mit der Ankündigung, daß die Instandhaltungskosten in Zukunft von der Stadt oder Provinz selbst getragen werden müssten, da diese sich bisher vehement gegen einen, seit längerem geplanten, Abriss gewehrt hätten). Zu Guntram von Speyer: Eigentlich Günther von Henneberg, aus dem Geschlecht derer von Henneberg, von 1146 bis zu seinem Tode 1161, Bischof von Speyer und 1147 großer Schenker der Mühlen an das Kloster Hördt und welcher damit seinen Beitrag zur ersten urkundlichen Erwähnung Queichheims leistete.

Schulzeit

Ab dem 7. Lebensjahr ging Johannes in die Queichheimer Dorfschule, unter dem Schulmeister Ludwig Born, der das Amt vom kurz zuvor verstorbenen Onkel übernommen hatte (diesem, weswegen der Großvater „so sehr in Verfalle gerathen"). Die Anregung an die Eltern, Johannes zum Schullehrer ausbilden zu lassen, kam vom Queichheimer Pfarrer Johann Philipp Kesselmeyer, der sich sicher war, die Fähigkeiten für den Lehrerberuf bei ihm zu entdecken. Pfarrer Kesselmeyer gab ihm Geigen- und Klavierunterricht, da der Gottesmann auf diesen Musikinstrumenten „wirklich ein Virtuose war", konnte aber den vorgefassten Plan, den musikalischen Funken auf seinen Schüler überspringen zu lassen, allem Anschein nach nicht umsetzen, wie er sich später selbst dazu äußern wird.

Den Eltern gefiel der Vorschlag des Pfarrers, da, zum ersten, der Vater die höchste Meinung von der Schulmeister = Würde hatte, und, zum zweiten, die Mutter, aufgrund des schwächlichen Körperbaus ihres Sohnes, diesen vor körperlicher Arbeit schützen wollte (eine Einstellung, die sich nach dem Tod des Vaters jedoch relativieren sollte). Also tauschte Johannes die Dorfschule in Queichheim mit den sogenannten „lateinischen Klassen" in der Stadtmitte von Landau, hier begann er dann später auch mit dem umschreiben des Namens in Birnbaum (diese erste städtische „altsprachliche" Schule in Landau wurde 1432 gegründet, sie war *„de facto"* die erste weltliche Lateinschule der Pfalz, am Klosterbrückchen. Die lateinischen Klassen die Birnbaum besuchte, befanden sich bereits vor der französischen Revolution, gleich dem durch König Max Joseph von Bayern ab 1817 gestifteten Progymnasium, in den Räumen des evangelischen Pfarrhauses am Stiftsplatz [aus „Jahresbericht von dem Königlichen Progymasium zu Landau im Rheinkreise … 1818"]). Wie zu jener Zeit üblich, wanderte er Winters wie Sommers die ca. 2,5 km mit seinem „Tornister" (Rucksack / Schulranzen) auf dem Rücken, dessen Inhalt seine Bücher und „ein Stück Brod und Käse oder kaltem Fleische darin" war, morgens in die Stadt Landau und abends wieder zurück nach Queichheim. Dies ging über „ohngefähr drey Jahre", oft durchfroren oder durchnässt, wie er in seinen Erinnerungen darüber berichtet. „Im vierten Jahre gieng es mir aber besser. Ich hatte es schon so weit gebracht, daß ich kleinen Schülern Haus = Unterricht geben konnte, und fand nun meine Kost bey den Eltern von diesen und bey einigen meiner Lehrer." Einer dieser Lehrer war der Rektor „Friedrich Schuoch", der ihm zu seiner Unterstützung eine Kammer „mit einem Bette darin" anwies (der ev. Theologe Dr. phil. Johann Friedrich Schuch [*1724]. Schuch war von 1752 bis 1766 „erster"

Rektor der Lateinschule in Landau, dessen Vater ist noch mit Nachnamen „Schuoch" erwähnt, auch hier liegt offenbar eine Namensänderung vor. Schuoch ist die mittelhochdeutsche [des Hochmittelalters, von 1050 bis 1350] Bezeichnung für Schuh [althochdeutsch scuoh], Schuochster nannte sich der Schuster, genau wie später Schuch und Schuchster, zudem war es ein altes Längenmass, mit ca. 30 Zentimetern, ähnlich dem englischen Fuß [Feet]. In der regionalen pfälzischen Dialektik existiert die Bezeichnung Schuch für Schuh teilweise noch, die Frage stellt sich, wie lange ? Bei einem im „Kreis=Anzeiger von Landau", Jahrgang 1816 als Vermieter [„verlehnen von zwei Wohnungen"] im blauen Quartier erwähnten Hafner [Töpfer], Johann Friedrich Schuch, handelt es sich um einen „ausgewanderten" Edenkobener, und nun in Landau sesshaften Bürger). Aber weiter, Johannes wäre damals wunschlos glücklich gewesen, hätte das Zimmer nicht in einem so entlegenen Winkel des Hauses gelegen und er sich nicht durch seine Angst vor Gespenstern so sehr seiner Sinne berauben lassen, denn das Bibliothekszimmer hatte seinen Platz neben seinem Schlafraum, und es wurde von der einfallsreichen Frau des Rektors als Brutstätte für allerlei Geflügel zweckentfremdet, indem sie die alten „Folianten" (großformatige Bücher, das Folio Format entspricht etwa der heutigen DIN A3 Norm) so aufstellte, daß sie kleine Ställe zum ausbrüten der Eier bildeten, und diese „Gehege" dann mit Truthennen, Gänsen und Hühnern bevölkerte. Wenn das Geflügel nun in der Nacht mit Ratten und Mäusen in Konflikt geriet, „so jagte mir ihr Geschnatter und das Geschrey und Poltern einen solchen Schrecken ein, daß mir der Angstschweiß vom ganzen Leibe floß". Kindliche Furcht und Phantasie, beschreibt er das ganze, siegten über die Vernunft, denn etwas zu wissen, bedeutete im Falle des Eintritts dieser nächtlichen Geräuschkulisse nicht, daß sie ohne Wirkung bei ihm blieb.

Nun schlief der Sohn des Hauses zwar in einem Zimmer nebenan, und dieser Umstand kam Johannes ganz gelegen, ja, könnte ihm sogar eine gewisse Sicherheit vermittelt haben, wenn ´Schuch Junior´ sich nicht immer wieder nachts, durch das Fenster, auf die Gasse geschlichen hätte, und ihn durch dieses Verhalten wieder in der Gewissheit zurückließ, allein mit den Geräuschen und seinen Phantasien zu sein. Um seiner Seele Luft, und seiner Bedrängnis Ausgleich zu verschaffen, erzählte er dies eines Tages dem Rektor, um den Vater dahin zu bringen, dem Sohn die nächtlichen Wanderungen zu verbieten und ihm so das Gefühl und das Wissen zu vermitteln, nicht mehr alleine zu sein, ja er ihm vielleicht auch einmal Gesellschaft leisten könnte, jedoch „so mußte mein Rücken das Verplaudern so theuer bezahlen, daß mir alle Lust dazu für die Zukunft vergieng" wie er die anschließende, vor allem für ihn auch schmerzhafte Reaktion des Vaters beschreibt. „Man liebt den Verrat, aber nicht den Verräter" (nach Cäsar), denn ob der Vater von den nächtlichen Eskapaden des Sohnes wußte, bzw. wenn nicht, ob dieser irgendwelche körperlichen oder sonst gearteten Konsequenzen zu tragen hatte, ist nicht bekannt.

Den Schulunterricht zu jener Zeit beschreibt er als traurig, da man es selbst in der höchsten Klasse kaum zu Übersetzungen aus dem Französischen und Lateinischen ins Deutsche brachte, im Griechischen kam es bei den meisten Schülern nicht einmal zum „vollkommenen Lesen". Geschichte, Geographie und Naturgeschichte standen gar nicht erst auf dem Lehrplan. Da bei diesen Fächern damals wohl sein Hauptinteresse gelegen sein könnte, ist sein Bedauern verständlich, wenn man seine Bücher und Kolumnen mit einbezieht, die er später geschrieben und zum Teil auch herausgegeben hat.

Erstaunen und Stolz rief der Eintritt in die unterste Klasse bei ihm hervor, da er gleich in der ersten Stunde mit seinem Wissen alle anderen zu überflügeln schien, und selbst „Mein Lehrer mochte glauben, daß ich mehr wußte, als ich daß Ansehen hatte". Es wurde französisch gelesen, und das Buch machte die Runde. Die Schüler, die vor ihm die Reihe des vorlesens eröffneten, zitierten alle die gleiche Stelle aus dem Werk. Als dieses zu ihm kam, hatte er die Zeilen, die er selbst im Alter noch im Gedächtnis bewahrte, in Unkenntnis der Sprache auswendig gelernt, und sprach sie, auf den Text blickend, nach:

„*N'ayons point de commerce avec ce libertin*" (etwa: Lassen Sie uns keinen Handel mit diesem Wüstling machen). Bei der nächsten Runde war die Reihenfolge umgekehrt, und Johannes der erste, der mit dem lesen beginnen sollte, „und noch sehe ich das spöttische Naserümpfen meiner Kameraden, als ich stumm blieb", und er zugeben musste, beim vorigen Mal nur den auswendig gelernten Text von sich wiedergegeben zu haben, da er französisch weder lesen, geschweige denn schreiben konnte. Das kostete den Lehrer jedoch nur ein nachsichtiges Lächeln und er gab ihm die Versicherung, daß er die andern bald einholen würde, was auch später wirklich eintrat, und er durch diesen Umstand erneut zu höherem Ansehen kam. Ebenso erhöhten kleine Geldgeschenke von den Mitgliedern des Konsistoriums bei den Prüfungen nicht nur seinen, sondern auch den Stolz des Vaters, der ihm bei seinem ersten Leistungsnachweis schon entgegen kam, da er den Augenblick der Ankunft des Sohnes zuhause nicht mehr abwarten konnte, und ihn herzlich drückte, als dieser ihm das erhaltene Geschenk zeigte. Bei keiner Prüfung ging Johannes leer aus. Es waren zwar nur sehr geringe, aber vermutlich doch motivierende Beträge und die Fortschritte fingen an, Aufmerksamkeit zu erregen, zumal ihm sein bescheidenes, stilles Auftreten viel Wohlwollen entgegen brachte, denn „das Konsistorium schien geneigt, mich in Straßburg als Armen (*Stipendiat*) Theologie studieren zu lassen". Am geistlichen Stand fand er jedoch überhaupt keinen Gefallen, und so ließ er seinen Eltern keine Ruhe, bis sie ihn von den lateinischen Klassen der Stadt, wieder zurück in die Dorfschule schickten. Jedoch, der damalige Schulmeister Ludwig Born, bei dem er schon im Alter von 7 Jahren die Queichheimer Schule besucht hatte, drängte darauf, daß er bei den, von Pfarrer Kesselmeyer entdeckten, und von Born bestätigten Anlagen, den Unterricht an der Stadtschule wieder aufnehmen soll, wozu er sich dann auch durchringen konnte, als man ihm freie Hand ließ, ob er Theologie studieren wolle oder nicht. Der Grund, für die Abneigung dem geistlichen Stand gegenüber war, die Entbehrung geselliger Veranstaltungen, eine Regel, der die Geistlichkeit damals strengste Beachtung schenken musste. Der Verzicht auf Musik, Tanz und den Umgang mit dem weiblichen Geschlecht erschien ihm unmöglich, denn obwohl er sich als eher schüchtern und im Umgang mit dem weiblichen Geschlecht linkisch bezeichnet, so wollte er doch diese Vergnüglichkeiten unter gar keinen Umständen vermissen.

1776 – Der plötzliche Tod des Vaters: „Der Schlag war hart für meine Mutter und ihre vier Kinder"

Der 3. August 1776 erweist sich als schwarzer Tag für die Familie Birnbaum, der Vater erliegt im Alter von 38 Jahren einem Entzündungsfieber von unbekannter Ursache, wie Johannes, zu dieser Zeit dreizehnjährig, es beschreibt. Ein harter Schlag für die Mutter und ihre 4 Kinder. Das nicht gerade üppige Einkommen, das ein Tagelöhner (auch Tagner genannt) verdiente, fiel weg, der jüngste Bruder, Michael war sechs Monate, der zweite, Georg Daniel sechs Jahre, und seine Schwester Magdalena sieben Jahre alt. Keines der Kinder konnte der Mutter helfend unter die Arme greifen, und er selbst verursachte ihr, nach seiner eigenen Einschätzung, die größte Sorge. Zum Schullehrer zu jung, sein Klavierspiel schildert er als ein kaum erträgliches Klimpern, das Geigenspiel erwähnt er gar nicht, und im lateinischen und französischen „bestund meine ganze Gelehrsamkeit im Dekliniren und Konjugiren (beugen von Verben); und aller Arbeit, besonders der Feldarbeit, war ich spinnefeind". Stattdessen las er für sein Leben gerne Bücher und versuchte überall, wo sich ihm die Möglichkeit dazu ergab, welche aufzutreiben. Besonderen Anklang fanden bei ihm Gellerts Fabeln und Lieder, die er sich von einer Queichheimer Bäuerin leihen konnte, und welche er mit „Heißhunger verschlang" (Christian Fürchtegott Gellert, *1715, †1769, ab 1751 Professor für Philosophie).

Wenn ihm seine Mutter eine Arbeit auferlegte, konnte er meistens seine ausgeprägte Überredungskunst bei anderen Kindern dazu einsetzen, diese für ihn zu verrichten, dafür erzählte er ihnen zum Ausgleich Märchen und Fabeln, hielt Reden oder schnitt ihnen Papierbilder. Am Zeichnen und Malen fand er ebenso „ungemeines Vergnügen, und würde es darin wahrscheinlich ziemlich weit gebracht haben", hätte er denn Gelegenheit zum Unterricht gefunden. Er empfand die größte Freude, als er mit 6 Jahren dem Maler während seiner Arbeit in der neuerbauten Queichheimer Kirche zusah (Fertigstellung 1775), wie dieser kunstvoll in den oberen 4 Ecken am Gesims Blumenvasen, und in einem Oval in der Deckenmitte die Darstellung der Dreieinigkeit malte. Wenn ihn seine Mutter, die ungemein viel auf das Arbeiten hielt, einen Faulenzer hieß, und ihn fragte, was er einmal werden und von was er leben wolle, antwortete er: „Ey Prätor, will ich einmahl werden". Daß er dabei einen hohen römischen Staatsbeamten im Sinn hatte, konnte nicht der Fall sein, da er zu dieser Zeit, nach seiner eigenen Aussage, noch nicht einmal um die Existenz einer Stadt dieses Namens wußte. Sein Vorbild war der Landauer Stadtbürgermeister („Schultheiß"), der ebenfalls den Namen königlicher Prätor führte.

Den entscheidenden Ausschlag dazu gab dessen schöne schwarze Amtstracht mit der weißen Spitzenkrause und dem glänzenden Degen, den er an der Seite führte, sowie der Wunsch, überall die gleiche Wertschätzung und Ehre zu erhalten, wie dieser (der damals übliche Beamten- oder Galanteriedegen, in Notsituationen zur Selbstverteidigung geeignet, aber doch im Grunde genommen ein Statussymbol, und als solches auch ausgearbeitet. Die Erlaubnis zum tragen, heute würde man sagen führen, besaß natürlich ein Beamter, Waffentragen durfte nicht jeder, erlaubt waren einschneidige Arbeitsmesser). Wenn er an langen Winterabenden den Bauern und Bäuerinnen zuhörte, während diese mit Reparatur- und Handarbeiten beschäftigt waren, und deren Geschichten von Knaben handelten, die ihren Eltern entlaufen waren und als Männer mit „Stern und Band auf der Brust" glorreich wieder nach Hause kamen, befiel ihn eine solche Euphorie, daß er den Orden im Geiste schon auf seiner Brust glänzen sah. „Kurz, meine lebhafte Einbildungskraft gaukelte meiner kindischen Eitelkeit tausende Bilder, immer eins schöner als das andere, vor, und doch wußte ich eigentlich selbst nicht recht, was ich wollte, noch daß meine Armut ein unübersteiglicher Damm gegen die Befriedigung meiner Ehrbegierde seyn mußte". Sein Geburtsort Queichheim war es schließlich, den er im Geiste sah, und in welchem er eine Rolle spielen, dessen Beschützer und Wohltäter er werden wollte. Gerade durch jenen Umstand, daß die Stadt Landau während dieser Zeit wegen des bedeutenden Weidstriches, dem im Vorwort schon erwähnten Horst, mit Queichheim einen Prozeß begann und er das beständige Seufzen und Klagen der Bürger vernahm, daß das Dorf wohl um seine Eigentums- und Weiderechte kommen würde, da kein Mann vermochte, sich dem mächtigen Stadtrat, mit Aussicht auf Erfolg, gegenüber zu stellen. Bei einem dieser Gespräche kam es zu der, ebenfalls schon im Vorwort erwähnten Ohrfeige, da er sich rühmte, dieser Mann zu werden, und wirklich sollte er später, 1795, durch seinen Rat und

Bemühen „im besten Mannes = Alter", seinem geliebten Queichheim wieder zu den Eigentumsrechten an jenem Horst verhelfen, die dem Ort in seinem Jünglingsalter durch ein richterliches Urteil ab- und der Stadt Landau zugesprochen wurden.

<u>1778 – Die Lehrzeit</u>: „Indessen wurde ich bald 16 Jahre alt, und meine Mutter wußte noch immer nicht, was sie aus mir machen sollte"

Im Alter von 15 Jahren schickte ihn seine Mutter 1778 ins elsässische *Plobsheim*, nahe Straßburg (französisch *Strasbourg*), da in diesem Ort einer seiner ehemaligen Lehrer als Pfarrer tätig war, in der Hoffnung, daß er hier eine Stelle als Schulgehilfe erhalten würde, „da sie immer noch nicht wußte, was aus mir werden sollte". Da dieser aber nicht in seinem Hause in Plobsheim anwesend war, sondern sich auf Besuch in Straßburg, bei seinem Freund, dem etablierten (Groß-) Kaufmann und Jakobiner, Christoph Kienlin befand (*Jean Christophe Kienlin*, *1747, †1812, seit 1772 Kaufmann in Straßburg, 1789 zum Hoch=Geschworenen ernannt [Sammlung authentischer Belegschriften, Band 2, 1795]), begab Johannes sich dorthin, und *Kienlin*, ein gebürtiger Landauer, fand sofort Gefallen an ihm, er machte ihm sogar den Vorschlag, bei Interesse und Erhalt der Einwilligung der Mutter, als Voraussetzung, ihn „unentgeltlich", also ohne die damals übliche Zahlung eines Lehrgeldes, als Lehrburschen in Ausbildung aufzunehmen, und erstattete ihm noch dazu, mit der Anweisung bald wieder, zum Antritt der Lehrstelle, nach Straßburg zurückzukehren, das Geld für die Rückreise. Die Mutter war darüber hoch erfreut, Einwände brachte sie, aus den bekannten Gründen, natürlich auch keine dagegen vor, jedoch hatte er seine Reiseutensilien noch nicht fertig gepackt, da kam auch schon ein Brief von Herrn *Kienlin*, mit dem Inhalt, daß es ihm die Umstände leider nicht erlauben würden, ihn anzustellen, mit dem Schlusssatz: „Fleißig gelernet, die Zeit wohl angewendet, belohnet sich in Zeit und Ewigkeit". Der Grund für die Absage, den er später erfahren sollte, war, daß der Herr Pfarrer, *Kienlins* Freund, ihn dazu überredet hatte, an Stelle von Johannes, einen seiner Neffen in Ausbildung zu nehmen. Dieser soll jedoch, die vom Lehrherrn zugedachte Wohltat, mit Undank belohnt haben. Also ging die Suche weiter, „Nun sollte ich bald Schneider bald Strumpfweber werden; zu ersterm hatte ich keine Lust, und zu letzterm konnte meine arme Mutter das Lehrgeld nicht erschwingen".

Im gleichen Jahr fand er bei einem in Ilbesheim ansässigen Wirt namens Wolf eine Anstellung als Privatlehrer für dessen beiden Jungen, Wolf entließ ihn jedoch nach Verlauf von zwei Monaten wieder, da Johannes, wie er selbst schreibt, sich bei seinen Söhnen „nicht in Ansehen zu setzen wußte", sich bei den beiden offenbar nicht durchsetzen konnte. Aber auch der in Offenbach ansässige Chirurg, Gotthard Tonsor, suchte dringend einen Lehrjungen, und so fand Birnbaum endlich eine Anstellung (Tonsor war in der Antike die römische Bezeichnung für den Friseur, dem späteren mittelalterlichen Barbier, dessen Berufsbild außer dem Haareschneiden und rasieren, mitunter auch einfache medizinische Eingriffe beinhaltete. Die Ableitung davon, Tonsur, ist das Synonym für die typisch mönchische Haartracht). Gotthard Tonsor war aber zugleich evangelisch = lutherischer Schulmeister und benötigte einen Lehrjungen, der im Stande war, auch seinen kleinen Schuldienst zu übernehmen, zu welchem dem Lehrherrn, so seine Vermutung, die Anlagen und die Lust fehlten. Johannes bekam die Anstellung, da er den Wünschen des Meisters vollkommen entsprach. Als Lehrgeld waren 22 Gulden für drei Jahre zu entrichten, die Kosten für das Aufdingen und die Ledigsprechung (Freisprechung aus dem Lehrvertrag nach beendeter Lehre) mußte die Mutter ebenfalls bezahlen, welche sich in etwa auf die gleiche Summe beliefen, (die Zahlung von Lehrgeld war erforderlich, da der Lehrling, zumindest am Anfang, dem Meister keine Erträge brachte, darauf gründet sich im übrigen die heute noch verwendete Redensart, wenn jemand nach einem Fehler „Lehrgeld zahlen muss". Bei Meistersöhnen waren die Zahlungen insgesamt geringer, da diese im elterlichen Betrieb meist schon Zuarbeiten oder mehr verrichtet hatten. Das Aufdinggeld: Als Lehrling, gegen Zahlung von diesem an den

Meister, zur Aufnahme in die Ausbildung. Dieses Aufdinggeld war kein festgeschriebener Betrag und wurde bei jedem Lehrling frisch festgesetzt, um regionale oder sonstige Begebenheiten mit einzubeziehen. Die Aufdingung: Nach 14 Tagen Probezeit erfolgte der Eintrag in die Zunftbücher). Am 3. Oktober 1778 trat er seine Lehre an. Seine Schwester leistete ihm nicht nur Gesellschaft auf dem Weg nach Offenbach, sondern sie trug auch sein Bündel. Fast wie ein Abschied für immer, so liefen sie traurig den gesamten Weg nebeneinander her. Offenbach schien am Ende der Welt zu liegen (ca. 3,5 km), obwohl man „gleich von der Linie vor dem Dorfe aus mit einem Paar gesunder Augen und ein wenig Anstrengung die Jahreszahl 1775 auf der blauen Queichheimer Kirchthurmkuppel lesen mochte". Erwähnte Linie ist zwischen 1743 und 1746, während des österreichischen Erbfolgekriegs (nach der verlorenen Schlacht von Dettingen, 1743), unter Marschall *Adrien-Maurice de Noailles* (*1678, †1766) in ´größter Eile´ entstanden, um die nachrückenden, verbündeten Sieger, zusammen mit der Festung Landau, vor einem Einfall in das Elsaß zu hindern, 1822 / ´23 wurde der Erdaufwurf wieder abgetragen und der Liniengraben damit aufgefüllt.

Den zu leistenden Lehrdienst beschreibt er als hart und mühsam, seinen Lehrherrn als einen strengen Mann, vor dem alles im Hause zitterte, der sich aber ansonsten rechtschaffen und freundlich gegen Jedermann verhielt. Der Feld- und Hausarbeit, die er in jeder freien Stunde zu verrichten hatte, konnte er noch immer keine Sympathie abgewinnen, da er körperlicher Anstrengung, im Gegensatz zum lesen, auch weiterhin nur abweisend gegenüberstand. Seine Lehre hatte allerdings auch vergnügliche Seiten, die Bartkunden, beschreibt er, waren ihm meist gut gesinnt, und brachten manche Nascherei mit, „besonders stunden mir die Obstgärten bey vielen offen". Die Verbindung zu Offenbach war ihm mit der Zeit besonders ans Herz gewachsen, und ein Besuch im Jahre 1821, als er auf der Durchreise in den Herbstferien, als Vize – Präsident des Appellationsgerichtes Zweibrücken, in der Kurzform auch Appellhof genannt, einige Stunden im Ort verbrachte, und bei diesem Aufenthalt so manchen Bekannten und Jugendfreund antraf, die selbst schon Großmütter und –väter geworden, sich mit ihren Kindern und Enkeln um ihn versammelten, und seinen Händedruck mit besonderer Herzlichkeit erwiederten. Ganz besonders erinnert er sich an einen seiner ehemaligen Bartkunden, mit Namen Daniel Gieb, „ein neunzigjähriger Greis" der „aus dem Bette kroch, und am Stabe gebückt in das Haus des Bürgermeisters schlich, wo ich mich in Gesellschaft einiger Jugendfreunde befand", nur um ihn noch einmal zu sehen. Während seiner Lehrzeit hatte sein Ausbilder Gotthard Tonsor das Unglück, daß ihm das, mit erst 10 oder 12 Jahren recht neue Haus, während der Erntezeit, nachts, da alle von der Arbeit ermüdet in tiefem Schlaf lagen, in Brand gesteckt und ein großer

Teil davon ein Raub der Flammen wurde. Kurios am Rande: Das Haus, das vorher an dieser Stelle stand, ist ebenfalls abgebrannt.

1781 - 1785, Lossprechung in Germersheim und neue Anstellung in Landau: „Bey meinem neuen Herrn fand ich bald Gelegenheit, mich durch neue Liebe über die alte zu trösten"

Anfang Oktober 1781 wurde er vom Churfürstlich pfälzischen *Collegio Chirurgico* in Germersheim, nach bestandener Prüfung zum Gesellen, losgesprochen und zum „Kandidaten der Wund = Arzneykunst gestempelt" (gestempelte Urkunde, als Original oder, ebenfalls gestempelte, Kopie), auch wenngleich er selbst seine Fähigkeiten darin als eher gering einstufte, da seine Arbeit im allgemeinen aus Bartscheren (Rasieren), Aderlassen, Zähneziehen etc. bestand, jedoch, er hatte auch einmal einen einfachen Armbruch ohne Hilfe des Lehrmeisters eingerichtet, und dieser verheilte ohne weitere Komplikationen.

Am 2. Januar 1782 trat Johannes Birnbaum in Landau bei dem Wundarzt und Geburtshelfer Johann Michael Steeg in Anstellung („in Kondition"), der zusammen mit Friedrich Stahl Mitglied des Landauer Stadtrates war (Bürgermeister war der ab 1779 amtierende und weiter unten erwähnte Johannes Wolff, stellvertretender Bürgermeister Johann Ludwig Hoffmann, Senior der damals 66 jährige und seit 2 Jahren gelähmte, Pfarrer Mühlberger). Daraufhin folgte der Abschied von Offenbach, und diesen Weggang empfand er noch schmerzlicher, als die damalige Abreise von Queichheim, in Begleitung seiner Schwester. Die Liebe zu einem Mädchen, dem er wegen seiner Schüchternheit nie die geringste Andeutung über seine Gefühle machen konnte, ja selbst beim Abschied unfähig war den Mut aufzubringen, ihr seine Zuneigung zu gestehen, sondern nur durch verstohlene Blicke und Seufzer der Trauer sich offenbaren konnte, war der Grund dafür. Hierbei handelte es sich um die jüngste Tochter des verstorbenen Offenbacher Bürgermeisters, welche sich jedoch bald nach seinem Auszug unglücklich verheiraten, und in „bedauerungswürdigen" Umständen sterben sollte. Aber, das Leben ging weiter, und bei der neuen Anstellung sollte er bald Gelegenheit finden, sich über die erste, unerfüllte, mit einer neuen, diesmal aber gegenseitigen Liebe, hinweg zu trösten. Die jüngste Tochter, Catharina Jacobea Steeg „war viel zu munter und zu liebenswürdig, als daß mein empfindsames Herz hätte gleichgultig gegen sie bleiben können. Auch sie blieb bey meinen kleinen Gefälligkeiten und Merkmahlen von Zärtlichkeit nicht lange ungerührt". Aus dem täglichen, vertrauten Umgang, entspann sich nach kurzer Zeit eine Zuneigung, die man anfänglich vor den Augen des Vaters zu verbergen suchte. Sie wurde aber bald so fest und innig, daß der Herr Rat sich den Tatsachen nicht weiter verschließen konnte, als man ihn davon in Kenntnis setzte, und letztendlich die

Einwilligung zu dieser Verbindung gab, auch wenn er, aus Standesgründen durch die Ratsherrenwürde, nicht unbedingt damit einverstanden war. Die Trauung war am 5. Oktober 1784, Johannes Birnbaum mußte jedoch gleich nach der Hochzeit ins kurpfälzische Mannheim reisen, um sich dort Vorlesungen über Anatomie, Wundbehandlung und Geburtshilfe anzuhören. Im März 1785, zu Ostern, kam er wieder nach Landau zurück. Die Prüfung zum Meister der Chirurgie, die er erwartungsgemäß bestand, fand aber erst im Jahre 1787 statt, worauf der Schwiegervater, bei dem er bisher den Gesellendienst versehen hatte, ihm die Bartstube abtrat. An der Chirurgie fand er allerdings keinen Gefallen, auch waren seine Kenntnisse nicht allzu groß, das rasieren ekelte ihn vollends an. Seine Lieblingsbeschäftigung war und blieb noch immer das Lesen „nützlicher und lehrreicher Bücher", wobei er jeden freien Augenblick, den er ermöglichen konnte, dafür verwendete. Der Vetter seiner Frau, der Landauer „Handelsmann" und spätere Fabrikant, Jakob Friedrich Söhne, ebenfalls einer seiner Kunden, versah ihn mit Büchern und Zeitschriften aus der eigenen Bibliothek und verschaffte ihm so die Möglichkeit zur Aus- und Weiterbildung ([Johann] Jakob Friedrich Söhne, *Jacques Frédéric Soehnée*, war der Vater des 1789 in Landau geborenen, französischen Aquarell-Malers und Fabrikanten für Malfirnissen [einem Schutzlack für Gemälde], Carl-Friedrich Söhne, *Charles-Frédéric Soehnée*. Die bizarren, surrealen Aquarelle von Carl-Friedrich Söhne, dessen Schaffenszeit hauptsächlich von 1817 -

1819 war, wurden 2008 von dem deutschen Maler Otfried H. Culmann „wiederentdeckt"). Wie er in seiner Lebensgeschichte schreibt: „Stets werde ich seiner dankbar eingedenk seyn. Noch vor wenig Jahren habe ich Beweise der Fortdauer seiner Gewogenheit empfangen, indem er meinen Sohn, während dessen Studiums auf der Rechtsschule in Paris, freundlich in seinem Hause empfieng und viele Freundschaft und Güte gegen ihn bewies". Jakob Friedrich Söhne gründete 1797 mit seinem Bruder eine Firma mit Sitz in Paris.

1789 – „Die Revolution brach aus, und mit ihr eröffnete sich jedem Talente ein weites Feld. Mein erstes Bestreben war jetzt, die gründliche Erlernung der französischen Sprache"

„Die gravierende Finanzkrise des Staates und die penetrante Weigerung der tonangebenden Privilegierten aus Adel und Klerus, sich am gewaltig gestiegenen Finanzbedarf zu beteiligen, setzten Anfang 1787 in Versailles, dem selbstgewählten Zentrum königlicher Autorität, einen Mechanismus in Gang, der konsequent in die politische Krise von 1788/89 münden sollte. Ausgangspunkt war die Eröffnung der Notabelnversammlung am 22. Februar 1787, die der regierende König »von Gottes Gnaden«, Ludwig XVI., auf Anraten seines

Finanzministers *Charles Alexandre de Calonne* einberufen hatte. Obwohl das Ziel dieser Versammlung die steuerliche Gleichbehandlung aller Untertanen sein sollte, setzten sich die Notabeln von 1787 ausnahmslos aus Vertretern der privilegierten Gruppierungen der ersten beiden Stände zusammen. Doch anstatt sich kooperativ gegenüber der Krone und dem Notstand in der Finanzkasse des Staates zu verhalten, setzte der Adel seinen traditionell antiabsolutistischen Anspruch in die Praxis um, indem er *Calonne* (*Charles Alexandre, vicomte de Calonne*) und auch dessen Nachfolger *Brienne* (*Étienne Charles Loménie de Brienne*) jeden Eingriff in seine Steuerprivilegien kategorisch verweigerte" (Prof. Dr. Erich Pelzer, Freiburg).

Dadurch trat 1789 eine neue Epoche, nicht nur in seinem Leben, ein: Der Ausbruch der französischen Revolution ! Sie sollte jedem Aufstrebenden in großem Umfang die Chance zum Wechsel des ursprünglichen Standes ermöglichen, und im Hinblick darauf galt sein erstes Bestreben dem gründlichen erlernen der französischen Sprache. Über den Zeitraum von drei oder vier Monaten bezahlte er einen Sprachlehrer, danach unterrichtete er sich selbst, als Autodidakt, weil ihm der „mechanische" Unterricht doch „viel zu schläfrig und langsam gieng". Mit Hilfe des *Dictionaire des deux Nations*, dem ΄Wörterbuch für beide Nationen΄ (Französisch / Deutsch), übersetzte er aus französischen Büchern ins Deutsche, und diese

Übersetzung wiederum ins französische, um aus dem Vergleich dieser letzten, mit dem Buchtext, die Fortschritte seines Unterrichtes zu überprüfen und sich auf diese Weise die vielfältigsten Bedeutungen der Wörter mit ihren sprachlichen Eigenschaften zu erarbeiten, und lernte dadurch, wie er es nennt, „den Geist der Sprache" kennen. Nebenbei übte er sich zusätzlich in Aufsätzen, zu dessen Inhalt er verschiedene Gegenstände des täglichen Gebrauchs wählte. Beinahe zwei Jahre, überwiegend in der Nacht, trainierte er sich so im sprachlichen Gebrauch, während er tagsüber mit Bartscheren beschäftigt war. Spurlos ging das ganze natürlich nicht an ihm vorüber, und so kamen seiner Frau langsam Bedenken um den Gesundheitszustand ihres Gatten, so daß sie ihn „bald mit Thränen, bald mit Murren bat, die unnütze Arbeit aufzugeben". Er selbst fühlte sich nach und nach matt, berichtet von kaltem Nachtschweiß, der sich bei ihm einstellte, auch daß sein Aussehen langsam aber stetig anfing, einem „Schattenbilde zu gleichen", und schreibt weiterhin „Nur wer es selbst versucht hat, weiß, mit welcher unsäglichen Mühe der eigene Unterricht verknüpft ist", und, wie überaus groß die Anstrengungen sind, „eine fremde Sprache nur verstehen, geschweige denn sprechen und schreiben zu lernen".

Im April 1791 begann er die ersten Früchte seines Fleißes zu ernten. Sein besonderer Freund, Georg Michael Treiber,

Munizipal (städtischer) Beamter zu jener Zeit, verhalf ihm zu einer Adjunkten Stelle als Munizipal Sekretär der Stadt Landau, die ihm monatlich 24 Livres [1] (ca. elf Gulden) einbrachte (Adjunkt, gleichbedeutend mit [Amts-] Gehilfe).

Sprachlich hatte er in der französischen Rechtschreibung den Grad indessen noch nicht erreicht, als daß er nur auf bloßes diktieren hin schreiben, bzw. ein Protokoll hätte führen können, so kam er beim Antritt einer Sekretärsstelle im *Cour martiale* (Militärgericht) bei einer Aufgabe in große Verlegenheit, die gemäß Gesetz dem Munizipal Sekretär selbst und nicht dem Adjunkten zugeordnet war, der Sekretär ihm diese aber, aufgrund seiner „Schüchternheit", übertrug. Der Kriegs = Kommissär = Ordonnateur (Ordonnateur – Anweisender, Befehlshabender), welcher das Präsidium führte, diktierte ihm zwar, zu seiner „großen Freude in die Feder;" - aber - „allein mit einer solchen Schnelligkeit, und für meine, mit der französischen Mundart noch nicht genug vertraute Ohren so unverständlich, daß ich mir nicht zu helfen wußte, und mir der Schweiß von der Stirne auf das Papier fiel". Der Kommissär bemerkte jedoch die Schwäche, er sprach ihm Mut zu, und behandelte ihn mit „solcher Güte", diktierte oder buchstabierte ihm alle Wörter vor, die er nicht zu schreiben wußte. Ein deutscher Präsident hätte ihn wohl (seiner Ansicht nach) vom Stuhl gejagt, wenn ihm solches vorgefallen wäre, schreibt er, und man ihm vermutlich gerne glauben wird, daß er aber doch „Gotte dankte, als die Sitzung zu Ende war".

Anfang Juni 1791 ernannte ihn der damalige Friedensrichter [2], Johann Jakob Rummel (im Amt vom Mai 1791 bis Dezember 1792), „ein alter, ehrlicher" und „schlichter Bürger", zu seinem Gerichtsschreiber, und am elften Juni, wurde er „in Pflichten genommen". Im Herbst 1792 erfolgte die Bestätigung durch eine Volkswahl in diesem Amt, welche ihm ohne tätige Mitwirkung der katholischen Bürger aber vermutlich nicht gelungen wäre, da er einen lutherischen Mitbewerber hatte, „welcher einen großen Anhang unter den Lutheranern besaß". Dieser Mitbewerber war der protestantische Pfarrer Georg Friedrich Dentzel, ein studierter Theologe, der von 1780 bis '83 als Feldgeistlicher im *Régiment du Royal Deux-Ponts*, einem nur aus Deutschen bestehenden Infanterie-Regiment, dem er 1774 nach dem Studium beigetreten war, und welches in der französischen Armee auf Sciton der amerikanischen Unabhängigkeitsbewegung im Krieg gegen Großbritannien kämpfte. Frankreich hatte 1778 ein Bündnis zugunsten der Kolonien im Kampf gegen England ausgehandelt. Aufgestellt wurde dieser Truppenteil von Herzog Christian IV. von Zweibrücken - Birkenfeld, der sich 1756 für eine jährliche Gegenleistung von 80.000 Gulden verpflichtete, ein Freiwilligen - Corps von 2.000 Mann aufzustellen, das *„corps de deux mille* *hommes d'infanterie"*, mit welchem dann Dentzel im November 1783, nach der Rückkehr vom amerikanischen Kontinent, nach Landau kam (Georg Friedrich Dentzel: Nach 1806 auch Georg Eduard von Dentzel, *16.07.1755, †07.05.1828, geboren als Sohn eines Bäckers in [Bad] Dürkheim, zu dieser Zeit noch der Kurpfalz unter den Leininger Grafen angehörend, ab 1798 Kanton des franz. Departements Donnersberg, bis die Stadt 1816 an das Königreich Bayern fiel. Er war Volksrepräsentant der französischen Rheinarmee, und als Komissar mit weitreichenden Vollmachten Mitglied im Nationalkonvent während der Landauer Belagerungszeit - aus „Briefe eines preussischen Augenzeugen des Herzogs von Braunschweigs ...", gedruckt 1793 unter anonym [Friedrich Christian Laukhard, einem entfernten Verwandten von G. F. Dentzel] und „Georg Friedrich Dentzel – Ein pfälzisches Schicksal" von Dr. Michael Martin). Dentzel hätte während des Unabhängigkeitskrieges auf einen anderen prominenten Pfälzer treffen können, wäre denn die Möglichkeit der räumlichen Nähe gewesen, nämlich Johann Adam Hartmann (*1748, †1836), einem um 1764 ausgewanderten, gebürtigen Edenkobener, der in der Zeit von 1775 bis ´83, ebenfalls für die 13 nordamerikanischen Kolonien, am Krieg gegen die Briten teilnahm und dabei seine, von Indianern erlernten Kenntnisse als Fährtensucher, im Kampf erfolgreich einsetzen konnte. Hartmann gilt als eines, oder das Vorbild des Lederstrumpfs, aus den Romanen von *James Fenimore Cooper*. Doch Hartmann kämpfte im Bundesstaat New York, und Dentzel in Virginia. Aber zurück zu

G. F. Dentzel, dieser wurde 1783, nach seiner Rückkehr vom nordamerikanischen Kontinent, als erster Pfarrer und Senior in das Konsistorium der evangelisch – lutherischen Gemeinde des Landauer Pfarramts gewählt, heiratete ein Jahr später, 1784, die Tochter des Vorsitzenden des Konsistoriums und ersten Bürgermeisters Johannes Wolff, Sybilla Louisa. Der Einsatz im Unabhängigkeitskrieg hatte nach seiner Rückkehr in heimatliche Gefilde wohl auch zur Entwicklung seines politischen Engagements beigetragen, da er, wie viele andere in Amerika, ein Land im Streben nach Unabhängigkeit erleben durfte (auch Dentzel war, wie Birnbaum, Jakobiner). Bei der Belagerung Landaus durch die Preußen 1793, im ersten Koalitionskrieg, machte er sich als Volksrepräsentant um die Verteidigung der Stadt verdient, geriet aber u. a. mit den französischen Festungskommandanten *Delmas* und *Laubadère* (Dentzel und *Laubadère* verband gewiss keine Freundschaft, da er dem General, wann immer möglich, die Kompetenz absprach) in Streit, worauf er denunziert und nach Paris beordert wurde, bereits einen Tag nach der Befreiung Landaus durch die franz. Armee, am 29. Dezember, die Reise antrat, um sich vor dem Nationalkonvent zu rechtfertigen. In Paris angekommen, wurde er jedoch auf Befehl *Danton's* [*Georges Jacques Danton*, *1759, †1794] in Haft genommen, und entging nur durch die Hinrichtungen von *Danton* im April, und *Robespierre* im Juli 1794, dem Ende der Terrorherrschaft, selbst der Guillotine [„Die Revolution ... frisst ihre eigenen Kinder", so die letzten Worte von

P.V. Vergniaud's auf dem Schafott, *1753, †1793]. Im Jahr 1795 kam er, nach einer gründlichen Überprüfung, wieder in Freiheit und wurde anschließend, in Ermangelung eines militärischen Postens, Mitglied des *Conseil des Anciens* [dem „Rat der Alten"] bis zum Sturz des Direktoriums [1799]. 1801 als Direktor des Militärhospitals in *Le Mans*, verkaufte er im gleichen Jahr seine Landauer Immobilien und erwarb vom Erlös die Eremitage der *Madame Pampadour* in *Versailles*, 1806 holte ihn *Napoleon Bonaparte* wieder in seinen Stab, im gleichen Jahr erfolgte die Erhebung in den Adelsstand als Freiherr des Reiches, bzw. *Baron de l'Empire*, durch den franz. Kaiser, und wurde einen Tag vor dessen Abdankung 1814 von diesem zum Brigadegeneral ernannt, folgte ihm nach der Rückkehr von Elba in den 100 Tagen bis nach *Waterloo*, 1816 wurde er, von König Ludwig XVIII., in dessen Diensten er nach der *Napoleonischen* Ära stand, schließlich noch zum Feldmarschall erhoben und anschließend vom *Bourbonen* in den Ruhestand versetzt).

Georg Friedrich Dentzel wollte die ehemaligen lutherischen Magistratspersonen, die noch Mitglieder des Konsistoriums waren, aus diesem entfernen, und durch neue Amtsträger ersetzen, weshalb er eine List (s.u.) zur Bildung einer komplett neuen Versammlung anwandte, und es wäre Dentzel bei seinem Ansehen in der Gemeinde mit Sicherheit ohne Schwierigkeiten gelungen, hätte man ihm, nach dem einschreiten einiger Bürger, darunter auch Birnbaum, nicht von oben Einhalt geboten. „Er ließ zu dem Ende hin die evang. lutherischen Bürger auf dem Rathaus zusammen kommen, um zur Wahl eines neuen Konsistoriums zu schreiten. Die Köpfe waren so erhitzt, daß, als ich mit noch einigen Bürgern in die Versammlung trat und Vorstellungen gegen ihr Beginnen machen wollte, ich plötzlich so in Gedränge kam, daß ich Gefahr lief, mißhandelt und zum Fenster hinaus geworfen zu werden, und nur durch die Hülfe meiner Gesellschaft, und besonders meines Schwagers, des ehemaligen Platzhauptmanns = Adjunkten, Johann Michael Groß, gerettet wurde". Sie begaben sich auf der Stelle zum damaligen *Maire* der Stadt, *Isaak Barthelemy* (Bürgermeister von Februar bis Juni 1790), dieser ging unverzüglich mit ihnen ins Rathaus, um die Ratsversammlung unverzüglich aufzuheben. Am gleichen Abend noch versammelte sich wegen des misslungenen Versuchs (der List) eine aufgebrachte Menge vor Birnbaums Haus, die drohte, ihm die Fenster einzuwerfen, es jedoch bei dieser Drohung beließen, und sich die Versammlung nach und nach wieder auflöste. „Allein ich verlor dadurch einige meiner besten Bartkunden, und ein Mann, dem ich schon lange vor seinem Tod verziehen habe, wollte mich eines Abends derb durchprügeln, und würde es schwerlich bey dem bloßen Vorsatz bewenden lassen, wenn ihn nicht meine freundliche

Anrede entwaffnet hätte". Es gelang Georg Friedrich Dentzel zwar später, das alte Konsistorium abzusetzen, aber das *Manet alta mente repostum* (grob übersetzt: tief im Geiste hinterlegt) hielt weder bei ihm, noch bei Johannes Birnbaum lange an, kurze Zeit später verband ihn mit Dentzel sogar eine recht gute Freundschaft.

Birnbaum bemühte sich weiterhin mit allen Kräften, soweit es Zeit und Umstände zuließen, seinen Kenntnisstand zu erweitern um seinen beruflichen Aufstieg zu fördern, studierte ausführlich die neuen Gesetze und besuchte die Gesellschaft der Freunde der Konstitution (Gesellschaft der Verfassungsfreunde, deren Gründer in Landau 1790, G. F. Dentzel war), bis sich diese 1791 in die beiden Gruppen der *Feuillants*, die an der konstitutionellen Monarchie festhielten (durch eine Verfassung, Konstitution, festgelegte, eingeschränkte Monarchie, ähnlich England), und *Jakobiner* spaltete, deren Tagungsort in Landau von 1791 bis ´94 das „Alte Kaufhaus" am 1689 entstandenen Waffen- und Paradeplatz, dem vormaligen Rathausplatz, war, die für die Abschaffung der Monarchie eintraten (Paradeplatz: Angelegt nach dem großen Stadtbrand 1689, durch den die mittelalterliche Substanz Landaus fast vollständig zerstört wurde. Vermutungen, daß der Brand durch Vaubans Auftrag im Zuge des Festungsbaus gelegt wurde, konnten nie zweifelsfrei bewiesen werden, aber nachträglich entstanden dann -

sozusagen feuerbereinigt -, breite, gerade und rechtwinklige Straßen, für militärische Truppen bestens geeignet. 1794 erste Namensänderung mit revolutionärem Klang in Platz der Gleichheit „place de l'égalité", „geschmückt" wie schon vorher als Paradeplatz, mit einer Guillotine. Nach der Übernahme Bayerns 1816 erfolgte im Jahre 1824 die Umbenennung in Max-Josephs-Platz, 1945 wurde er endlich wieder zum Rathausplatz, aber der Begriff Paradeplatz ist den Bürgern ebenso im Gedächtnis geblieben). Erst, als durch den Umstand der Teilung in die beiden Gruppierungen, unweigerlich Anarchie und Terror nach und nach ins Land einzogen, für den sich der Jakobiner *Maximilien de Robespierre* (s.u.) 1793/'94 mitverantwortlich zeichnete, blieb er den Versammlungen fern oder hielt sich bei seinen Amtsgeschäften auf. „Denn so ergeben ich auch den neuen Grundsätzen war, so sehr war ich allen Uebertreibungen feind, und ich darf mich mit gutem Gewissen rühmen, nie an Excessen Theil genommen zu haben". Er selbst war, wie schon erwähnt, Anhänger der *jakobinischen* Idee.

1793 / '94 – Die Blockade der Stadt Landau: „Mein Wunsch, Landau zu verlassen, blieb nicht lange unerfüllt"

Während der gesamten Blockade von Landau, 1793 (insgesamt neun Monate, bis 28. Dezember, davon aber 4 Monate nur von einer Seite der Stadt), hielt sich Johannes

Birnbaum mit seiner Familie in der Stadt auf, „und, von der Natur eben nicht als Held geschaffen", war er während des Bombardements im Keller seines Schwagers, Johann Michael Groß. „Nichts ist der Angst und dem Schrecken zu vergleichen, welche mich befielen, als ich eines Tages, unter dem Donner der Kanonen und dem Pfeifen der Haubitzen, das Gewölbe verlassen und mit dem Friedensrichter (Sigismund Heinrich Grether [3], Grether hatte das Amt von Januar 1793 bis März 1795 inne), der eben so bebte, in einem entfernten Sterbhause einige Siegel wieder anlegen helfen mußte, welche durch eine Kanonenkugel abgerissen worden war". Freude und Glück, zur Stunde der Befreiung und dem Abzug der Feinde, waren bei ihm, seiner Familie, ja natürlich bei der ganzen Stadtbevölkerung unermesslich groß. Aber mit der Ankunft der wieder einrückenden französischen Armee, hielten Terrorismus und Willkür der Militärherrschaft im Mantel der Revolution ebenso Einzug und er verlor, wie er schreibt, endgültig die Lust in einer Festung [4] zu wohnen, zumal er aufgrund einer Anklage wegen Aristokratismus (Unterstellung den Adel, bzw. eine bevorzugte Klasse zu unterstützen, und nicht das Volk), ins Gefängnis mußte. Nur durch die Bezahlung „ihrer schönen Schinken und ihres guten Weins" vermochten die Beisitzer des Friedensgerichtes ihn und den mit ihm einsitzenden Friedensrichter Grether, beim General Adjutanten *Jaques-Nicolas Moynat d'Auxon* (*1745, †1815) wieder freizukaufen. Dieser Empfang, den *d'Auxon* ihm damals bereitete, ärgerte ihn noch, während er das Geschehene textlich verarbeitete. Gekommen, um sich bei ihm über die Freilassung zu bedanken, wurde er von diesem nur herablassend behandelt. Er hatte sich die rote Kappe der *Jakobiner* an die Brust geheftet, als Zeichen für seine republikanische Gesinnung, und d´Auxon fuhr ihn mit den Worten an: *„Il audrait mieux, que tu Peusses dans le cour"*, übersetzt: „Es wäre besser, du trügest es (das Zeichen der Jakobiner) in deinem Herzen".

Der Wunsch, Landau zu verlassen, sollte ihm bald erfüllt werden. Nach einem Erlass der *Convention nationale* (des Nationalkonvents, der konstitutionellen und legislativen Versammlung), sollten alle „öffentlichen Beamten" bei Annäherung des Feindes ihre Gemeinden verlassen, um sich in das Landesinnere der Republik zu begeben, kamen sie dieser Aufforderung nicht nach, und setzten stattdessen ihr Amt fort, liefen sie Gefahr, als Landesverräter verfolgt und hingerichtet zu werden. Durch einen Beschluß der Distriktsverwaltung des elsässischen Weissenburg wurde die Überwachung dieses Dekrets verordnet, und auch er, unter anderen Kommissarien (Beamten), zur Aufnahme (Erfassung und Weiterleitung der Namen) solcher Staatsdiener ernannt. Jedoch war die Veröffentlichung dieser Verordnung vor einrücken des Feindes in den meisten Orten nicht erfolgt, und dadurch wenigen oder möglicherweise auch gar keinem der betroffenen Beamten bekannt geworden. Diesem Umstand geschuldet, waren die meisten dieser Bediensteten, in Unkenntnis des Dekrets, zu Hause geblieben, und hatten ihre Ämter weiter geführt. „Und dafür nun, daß sie sich in einer so schweren und gefährlichen Zeit für ihre Gemeinden hingegeben hatten, sollten sie mit dem Tode gestraft werden !". Obwohl ihm dieser Auftrag äußerst unangenehm war, so konnte er durch seine Ausführung doch auch verhindern, daß er in andere Hände fiel. „Der Gedanke, daß ich manch braven Mann vielleicht retten könnte, versüßete mir das bittere desselben". Also begab er sich in die Gemeinden des ihm zugewiesenen Bezirkes, und nachdem er das Protokoll ausgefertigt hatte, brachte er es persönlich nach Weissenburg, wo man ihm zur „Zufriedenheitsbezeigung" eine Stelle als *Chef de bureau* (Bürovorsteher), anbot, die er auch mit Freuden annahm, verbunden mit der Hoffnung, Gelegenheit zu finden, die Auswirkung dieser fatalen Liste, wenn nicht gar vereiteln, so doch wenigstens verschieben zu können, und sich durch die gewonnene Zeit eine ausreichende Spanne ergab, denn Grundsätze und Prinzipien konnten sich oft und schnell ändern, und was heute noch Gültigkeit hatte, am nächsten Tag schon überholt sein, und tatsächlich gelang es ihm, diese unselige *Proscriptionsliste* (Verdächtigenliste) bis zum Sturze *Robespierre's* geheim zu halten, bis keine Gefahr für Leib und Leben der darin aufgeführten Personen mehr bestand. Sekretär der Distriktsverwaltung war der, damals angehende Notar und von 1819 bis zu seinem Tod Abgeordnete der Kammer des Bayerischen Landtags, Johann Kaspar Adolay (*1771, †1825 in Ruppertsberg), ein gebürtiger Landauer, von dessen Seite aus keine Gefahr bestand, verraten zu werden (*Maximilien Marie Isidore de Robespierre*, *1758, wurde am 27. Juli 1794 verhaftet, konnte flüchten, beging anschließend einen Selbstmordversuch, welcher nie zweifelsfrei bewiesen werden konnte, wurde nach seinem auffinden notdürftig ärztlich versorgt, und dann schwerverletzt, einen Tag später, am 28. Juli, ohne Prozess durch die *Guillotine* hingerichtet).

Nun war es damals üblich, die Mitglieder der verschiedenen Behörden durch die Volksrepräsentanten auf Sendung zu wechseln, sie an verschiedenen Orten untereinander auszutauschen. Dies nannte man *epuriren* (reinigen). Eine Vorgehensweise, die viel Platz für intrigante Spielchen ließ, denn, es kam nur darauf an sich das Zutrauen der Repräsentanten zu erschleichen und unter der Maske des Republikanismus andere als Aristokraten verdächtig zu machen. Der Form halber, wurde zwar des Volkes Meinung vernommen, aber, man versuchte diese in eine vorbestimmte Richtung zu lenken, und wenn sie sich nicht wie gewünscht entwickelte, „wenn sie sich nicht leiten lassen wollte" (die Meinung), wurde die Stimme der Bevölkerung von den Repräsentanten „kraft ihrer Allmacht" nicht beachtet. Unter dem Hinweis auf „das öffentliche Wohl" konnten diese dann, selbst bei Kleinigkeiten, schalten und walten, wie sie wollten, und auf diesem Wege „Gutes und Böses, Großes und Kleines, Vernünftiges und Abgeschmacktes" tun, „und der Gebrauch desselben war so allgemein geworden, dass eine gewisse Verwaltung, die Anordnung des Baues eines Brückchens über ein Bächelchen" davon abhängig machen konnte. So wurde er einmal von einem solchen Reinigungs = Kommissär im Herbst 1794 aus der Distriktsverwaltung als Gemeinde = Agent in die Munizipaltät (Stadtverwaltung) der Stadt Weissenburg, und von einem anderen, der kurze Zeit später nachfolgte, aus der Verwaltung wiederum in das Distriktstribunal als Richter versetzt, und ein Dritter schickte ihn zur Organisation des neuen Distriktes nach Landau, ernannte ihn im Frühjahr 1795 zum Sekretär der neuen Distriktsverwaltung, worauf der Umzug nach Landau und die Ankunft dort, kaum ein Jahr später, wieder erfolgte. Birnbaum beging vor dem Auszug von Weissenburg den gleichen Fehler, den er vor dem Abzug von Landau schon begangen hatte, sein Haus zu verkaufen, da die Erlöse, in sogenannten Assignaten [5] (Papiergeld) ausgezahlt, sich in nichts auflösten.

Assignaten (Revolutions - Papiergeld)

Assignat über 400 Livre (1792)

Assignat über 500 Livre (1794)

1795 – von Weissenburg zurück nach Landau: „...und ein dritter, zur Organisation des neuen Distriktes Landau abgeschickt, ernannte mich im Frühjahre 1795 zum Sekretär dieser neuen Distriktsverwaltung"

Der inoffizielle Grund seiner Versetzung in das Distriktstribunal war wohl, wie er vermutete, daß er den Gemeinderat von Weissenburg dazu bewegte, ein Gesuch an den National = Konvent zur Wiederherstellung des christlichen Gottesdienstes zu unterschreiben, ein, zu dieser Zeit noch sehr großes Wagnis, da die Revolution schließlich eine Trennung zwischen Kirche und Staat betrieb, bzw. das Christentum von 1793 bis 1795 gänzlich verboten war, und in der Tat, wurde das Ansuchen auch nicht öffentlich verlesen, sondern es erging nur eine Mitteilung an den Weissenburger Gemeinderat, daß der Konvent davon in Kenntnis gesetzt worden war, und dieser das Gesuch an den Sicherheits = Ausschuß weiter verwiesen hatte, kein gutes Zeichen zu dieser Zeit, war der Vorgang häufig mit der Verhaftung der Urheber verbunden. Georg Friedrich Dentzel, den er zuvor um Unterstützung des Gesuches bat, schrieb ihm dann auch in aller Deutlichkeit: „Der Augenblick, diese Frage frey zur Sprache zu bringen, ist noch nicht gekommen (*Le moment n'est pas encore venu d'aborder franchement cette question*)". Der Bürgermeister (*Maire*) der Stadt Weissenburg, Herr Mühlberger, wurde mit ihm in das Distriktstribunal versetzt (*Muhlberger*, 1790 als Magistratsmitglied von Weissenburg erwähnt). Um als Richter zu wirken, müsse man nicht auf gleicher Höhe der politischen Grundsätze stehen, so etwa drückt er sich in seinen Erinnerungen aus.

Den Wechsel ins Landauer Tribunal empfand er im übrigen nicht als nachteilig für sich, da er in der Person des damaligen Präsidenten, Herrn Kaspar Böll, einen aufgeklärten und ausgezeichneten Rechtsgelehrten vorfand, in dessen Schule er sich viel Wissen aneignen konnte, und welcher sich selbst nicht zu schade war, ihm die Mittel zu seiner Ausbildung zur Verfügung zu stellen, und ihn in deren Gebrauch zu unterweisen. Eine beständige Freundschaft verbindet Birnbaum zu Zeiten der Niederschrift noch mit Böll. „Möge er diese Zeilen als ein Denkmahl meiner Liebe und Hochachtung betrachten !". In weiser Vorraussicht, daß wieder eine Zeit käme, in der die Kenntnis der lateinischen Sprache für einen Juristen so notwendig sei wie das tägliche Brot, und man von einem Richter mehr erwarte als nur gesunden Menschenverstand, riet ihm Böll immer wieder, diese Sprache zu erlernen, und „man wird später finden, wie sehr ich Ursache hatte, die Ausserachtlassung seines Rathes zu bereuen". Die Distrikts = Sekretärsstelle in Landau hätte er nie angenommen, wenn er nicht vom Volksrepräsentanten Becker in *Requisition* (Aufforderung /

Befehl) gesetzt worden wäre, und sie aus diesem Grund nicht ausschlagen durfte (Joseph Becker, *1743 Saint Avold [Lothringen], †1812, Vater von *Léonard-Nicolas, Comte Becker du Bagert*, *1770, †1840, geboren in Oberehnheim [auch Obernheim / *Obernai* – siehe Dekapolis] und Stiefvater von Marschall *Gabriel Jean Joseph Molitor*, Kapitän und Oberst der Rheinarmee, später General und Gouverneur, *1770, †1849. *Becker du Ba(e)gert* wurde 1815 in die Administrationskommission der Kammer der Deputierten berufen und soll durch diese Stellung maßgeblich an der Verbannung *Napoleon Bonapartes* nach St. Helena beteiligt gewesen sein). Er hätte ebenfalls in dieser Stellung auch nicht bestehen können, wäre er nicht zur gleichen Zeit als Sachverwalter beim Distriktstribunal angestellt gewesen, was ihm „klingendes Geld" eintrug (Münzen, Hartgeld, hatte den Vorteil, gegenüber dem Papiergeld, daß die Deckung des Wertes durch Edelmetall gegeben, und dadurch nicht der steigenden Inflation der Assignaten unterlegen war), „denn so angenehm den Landauer Beckern und Metzgern auch die Beamten des Distriktes und des Tribunales waren, so fanden sie doch keinen Gefallen an den Assignaten, worin dieselben bezahlt wurden, und hatten nicht leicht Brod und Fleisch dafür". Die Schattenseite des ständigen Wechsels, und der anwachsenden Arbeit, war weiterhin offensichtlich ! Durch das Übermaß, das viele studieren und den häufigen Verdruß, wurde seine Gesundheit nach und nach so „zerrüttet", daß er in einen für ihn gefährlichen Zustand verfiel, deren Folge eine „fürchterliche Hypochondrie" war (Psychische Störung, eventuell eine Depression), an der er viele Jahre schwer litt, und die ihn, nach seinen Angaben, auch noch zu Zeiten der Niederschrift seiner Lebensgeschichte heimsuchte.

Im Herbst 1795 erfolgte die Aufhebung der Distriktsverwaltungen wodurch auch seine Sekretärsstelle entfiel, aber trotz allem, blieb Birnbaum auch in dieser Zeit nicht ohne Anstellung, da er schon im *Brumär* IV, französischer Zeitrechnung (5. Nov. 1795), von den 3 Kantonsverwaltungen Landaus mit 299 Stimmen zum Friedensrichter gewählt, und am 21. *Brumär* (12. Nov.) in Pflichten genommen wurde. Kurz vor der ersten Ernennung in dieses Amt wurde ihm die frisch eingeführte Stelle als Hypothekenbewahrer (nach dem französischen Recht Registerverwalter [*Conservateur*], zuständig für Vertrags- oder Hypothekeneintragungen im Grundbuch) und während des Friedensrichteramtes die eines öffentlichen Notars in Herxheim angeboten, ebenso hatte ihn das Distriktstribunal in Weissenburg schon früher zum Sekretär ernannt. Er hatte an keiner der beiden Stellen Interesse bekundet. Das Notariat in Herxheim erhielt später Friedrich Hessert, sein ehemaliger Gerichtsschreiber und Freund, der bei diesen seinen Zeilen noch als königl. öffentlicher Notar, allerdings in Landau, bis mindestens

1842, tätig war (ebenfalls königl. bayer. Notar, allerdings in Obermoschel war sein, 1796 in Queichheim geborener Sohn, Friedrich I. Hessert). Im Mai 1796 zog er mit seiner Familie nach Queichheim. In der Kantonsmitte liegend war dies, seiner Meinung nach, der beste Wohnsitz des Friedensrichters, da die Stadt Landau nicht in seinen Amtsbereich fiel.

1797 / '98 – als Kantons Friedensrichter

Nach Ablauf von 2 Jahren mußte die Wahl wiederholt werden, und da seine „strenge Richterschaft" in Nußdorf nicht auf allzugroße Beliebtheit stieß, drohten sie Birnbaum hinter vorgehaltener Hand „in ihrer Sprache", ihn „um ein Loch zu binden", also die Wiederwahl zu verweigern. Mit diesem Wissen, und den Anschein von Ahnungslosigkeit vortäuschend, empfing er nun vor der Wahl einige Abgeordnete der Gemeinde, die gesandt worden waren, ihm freie Wohnung und Holz anzubieten, wenn er sich denn entschließen könnte nach Nußdorf zu ziehen, dieser Umzug aber für sie Bedingung zur Vergabe ihrer Stimmen an ihn war. Da er nur auskunden wollte, wie weit die Nußdorfer gehen würden, entließ er sie mit dem Versprechen, die Entscheidung zu treffen, wenn es an der Zeit wäre. Die Urversammlung ernannte ihn zu ihrem Präsidenten, und vor der Wahl des Friedensrichters, redete er die Versammlung in nachstehendem Wortlaut an: „Bürger ! Ihr schreitet jetzt zur Wahl des Friedensrichters, und schwört nach bestem Wissen und Gewissen den Tauglichsten zu diesem Amte zu ernennen. Ob ich, oder ein Anderer der sey, bleibt euerm Urtheil überlassen. Mein Gewissen giebt mir das Zeugniß, daß ich mein Amt nach bestem Vermögen treu und redlich verwaltet habe. Von Irrthümern ist kein Mensch frey. Wählet ihr mich wieder, so werde ich, wie vorher, nur mein Gewissen und das Gesetz zur Richtschnur nehmen, und wie ein freyer Mann, frey von allem Einflusse handeln. Wählt ihr mich nicht wieder, so wünsche ich, daß zu euerem Besten mein Nachfolger mich an Fähigkeiten und Kenntnissen übertreffen möge." Nach einer kurzen Stille erfolgte die Wahl, in der er fast alle Stimmen auf sich vereinen konnte, ebenso in der Wahl der Urversammlung von Niederhochstadt (Nieder- und Oberhochstadt wurden 1969 zu Hochstadt vereint. Ein 1709 nach Amerika ausgewanderter Bürger aus Niederhochstadt, Johann(es) Valentin Pressler, von Beruf Weinküfer [*1669, †1742], zählt als Vorfahre von Elvis Presley und US - Präsident Jimmy Carter). Die Herxheimer Wahl verlief zwar nicht so positiv, aber die Ergebnisse der beiden anderen genügte, um die Entscheidung für den Kanton herbei zu bringen. Als er den Nußdorfer Bürgern später sein Befremden über das Wahlergebnis mitteilte, antworteten sie ihm: „Ey, gerade seine Freymüthigkeit bewog uns, ihm wieder unsere Stimmen zu geben, wir waren ja Narren", denn, so die Nußdorfer, wer hätte ihn zwingen können, nach der Wiederwahl Wort zu halten?

Für ihn ein Beweis, „daß es dem Volke nicht an gestundem Urtheil, noch an Sinn für Billigkeit gebricht."

Sein Kanton war mit den Gemeinden Arzheim, Altdorf, Dammheim, Eschbach, Essingen, Freisbach, Gommersheim, Hayna, Herxheim, Herxheimweiher, Ingenheim, Niederhochstadt, Nußdorf, Oberhochstadt, Queichheim, Ranschbach (Ransbach), Rülzheim (Rülsheim), Waldhambach und Waldrohrbach damals schon reich bevölkert, wurde er doch auch für bestimmte Zeit noch Friedensrichter von ca. 40 bis 50 der umliegenden, eroberten Dörfer, dessen Beamte sich, bei Annäherung der französischen Armee, vorschriftsmäßig über den Rhein geflüchtet hatten. Der französische Volksrepräsentant der Armee, *François Rivaud du Vignaud* (*1754, †1836), hatte ihn dazu ernannt, und ihm von jeder Gemeinde eine Belohnung von 2 Gulden vierteljährlich ausgehandelt, was ihm bei der immer weiter sinkenden Kaufkraft des französischen Papiergeldes sehr gelegen kam.

Aber, die angenehmsten Tage seines Lebens waren immer noch die, welche er als Friedensrichter in seinem Geburtsort Queichheim verbrachte, obwohl er hier in den schweren Zeiten während des Krieges „manchen Ärger und große Gefahr" für seine Person zu bestehen hatte.

Beschreibung der Wirren des Revolutionskrieges und der anschließenden Landauer Besatzungszeit: „Bey dem Rückzuge der französischen Armee, unter dem Befehle des Ober = Generals *Pichegru* war keine Ordnung und Mannszucht mehr"
und
„Ganz anders bezeigte sich dagegen, bey einigen anderen Auftritten, der berühmte Ingenieur = General *Marescot*"

Beim Rückzug der französischen Armee, nach den verlorenen Schlachten bei Pirmasens und Kaiserslautern sowie der anschließenden Landauer Entsetzung 1793, im Verlauf der französischen Revolutionskriege (zu diesem Zeitpunkt noch dem ersten Koalitionskrieg, 1792 - 1797), war unter Oberbefehlshaber General *Jean - Charles Pichegru* (*1761, †1804) bedauernswerterweise, „keine Ordnung und Mannszucht (Disziplin) mehr". Um sich aufzuwärmen, rissen die Soldaten Scheunen und Ställe ein, verbrannten das Holz an Lagerfeuern, und niemand könnte sich vorstellen, was aus Queichheim geworden wäre, „wenn der brave General *Dessaix*, welcher in Nußdorf lag, dem Gräuel der Verwüstung und Ausgelassenheit nicht ein Ende gemacht hätte", denn General *Pichegru* schien, wie Friedrich Hessert und er sich davon überzeugen konnten, kein Interesse daran zu haben. Sie suchten *Pichegru* in seinem

Hauptquartier in Herxheim auf, und alles was ihnen der General auf die Schilderungen über die Taten der Soldaten entgegnete, war die hämische Antwort: „Was wollen sie, es sind eben Republikaner (*Que voulez – vous, ce sont des Republicains*)". Nach dem Einwand, daß dies keine Republikaner wären, kehrte ihnen *Pichegru* den Rücken zu, und entließ sie mit dem Hinweis, sie sollten sich eben an General *Dessaix* [6] wenden (*Joseph-Marie Dessaix* *1764, †1834). „Man mag daraus urtheilen, ob der Verdacht (Kollaboration mit den *Bourbonen*) der französischen Regierung gegen *Pichegru* unbegründet war." [7]

Ebenso zeichnete sich das Wesen von *Armand Samuel de Marescot* [8] (*1758, †1832), des berühmten Ingenieur – Offiziers (*Génie militaire,* auch Geniekorps genannt, Vorläufer der neuzeitlichen Pioniere), welcher 1796 als Kommandant in Landau das Ingenieurkorps der französischen Rheinarmee befehligte, der Zivilbevölkerung gegenüber freundlich und hilfsbereit aus. Einige Soldaten hatten sich aus der Festung geschlichen, um sich Kartoffeln („Grundbirnen") aus den im Feld angelegten Gruben zu holen. Den dazu gekommenen Munizipal = Agenten Trauth aus Queichheim hatten sie kurzerhand mißhandelt und geschlagen, und sich anschließend mit den gefüllten Säcken wieder in die Festung zurück begeben. Zwei Tagelöhner, die dem derart behandelten Agenten Beistand leisteten, behaupteten die Täter wiederzuerkennen, wenn sie sie nur zu Gesicht bekämen, daraufhin nahm Birnbaum die beiden auf der Stelle mit zum Festungskommandanten *Marescot*, dieser ließ, auf ihre Ansprache hin, so schnell wie möglich die Stadttore schließen und die ganze Besatzung unter Bewachung antreten, dann schritt er mit den beiden Zeugen alle Reihen ab. Die beiden konnten bei der Gegenüberstellung die Täter leider nicht erkennen, vermutlich weil die Soldaten „grinzten und fluchten", und die Tagelöhner dadurch in Angst und Schrecken versetzten.

Auch zeigte sich Kommandant *Marescot* bei einer anderen Gelegenheit als ebenso gerecht und menschenfreundlich. Zwei Kanoniere zu Pferd hatten den Dammheimer Agenten, Georg Michael Geissert (bei einem Eintrag im Amts- und Intelligenzblatt des Königlich bayerischen Rheinkreises von 1834 als verstorben gemeldet), so übel zugerichtet, daß er trepaniert werden mußte (Trepanation, Entlastungsbohrung am Schädel bei Hämatomen / Schwellungen, zur Druckentlastung des Gehirns). Trotz allem sprach das Militärgericht sie in zwei Instanzen los. Die Empörung über die ergangenen Urteile war bei General *Marescot* letztendlich so groß, daß er Birnbaum sofort anbot, sie an die Zivilgerichte überstellen zu lassen, da sie nicht ungeschoren davon kommen sollten, diese Verfahrensweise war aber aus rechtlichen Gründen (bei Militärangehörigen) nicht möglich. General *Marescot* stieg unter *Napoleon* in hohes Ansehen, fiel aber wegen der Kapitulation einer Festung 1808 in Spanien in Ungnade (1808, Schlacht von *Bailén*, Andalusien), wurde von den *Bourbonen* 1814 wieder in Amt und Ehren gesetzt, 1815 (nach den hundert Tagen *Napoleons* I.) vom König wieder abgesetzt, jedoch nach einer Intervention von Kriegsminister *St.-Cyr* erfolgte die Wiedereinstellung als Leiter der Verteidigungskommission (General *Laurent, Marquise de Gouvion Saint-Cyr*, Kriegsminister 1815 und 1817 für jeweils 2 Monate, *1764, †1830).

Infolge des weiteren Rückzugs *Pichegru's* rückten die feindlichen Truppen so nahe heran, daß man in Queichheim vor ihren Überfällen nicht mehr sicher war. „Feindliche Husaren wagten sich am hellen Tage auf den Horst am Kirchweih = Sonntage, (der erste im Oktober) als gerade General *Marescot* bey mir zu Gaste aß". Da die Gefahr groß war, daß dieser nachts durch Husaren (leichte Kavallerie) gefangen genommen werden konnte, hielten die Bauern in seinem Haus abwechselnd Wache und stellten im Dorf Wächter auf. Aus der Festung wurde zugleich jede Nacht oben am Dorf ein *Piket* Soldaten (heute wohl als schnelle Eingreiftruppe bezeichnet, jede nähere Beschreibung würde den Rahmen sprengen) postiert, damit sich *Marescot* beim ersten Signal unverzüglich in Sicherheit begeben konnte.

Eine Begebenheit am Rande: Eines Tages erschien ein *Detaschement* österreichischer Dragoner und Fußvolk, die mit Trommeln und Trompeten durch Queichheim in Richtung Landau zogen (*Detaschement*, gleichbedeutend Truppenabteilung ohne bestimmte Größe zur Lösung eigenständiger Aufgaben, Dragoner = berittene Infanterie, Fußsoldaten zu Pferd, ein alter Spottvers sagt: „Dragoner sind halb Mensch, halb Vieh, aufs Pferd gesetzte Infanterie"). Mit von der Partie waren ein kaiserl. österreichischer Major und mehrere Offiziere, „welche der Kitzel stach, die Stadt zu sehen. Man ließ sie hinein, aber nicht wieder heraus". Der Major, namens Fuhrmann ging, vielleicht aus Angst vor Bestrafung oder weil es ihm die Pfalz angetan hatte, nicht wieder zurück zu seinem Regiment, sondern gründete in Germersheim eine Chicoree Fabrik (*„Zichorie"*).

Nach Abzug der feindlichen Truppen lagen von nun an nur noch französische Militärangehörige in den Ortschaften. Als ausgelassene Besatzer, und nicht mehr als Befreier, ließen sie ihrem unbändigen Mutwillen den Dorfbewohnern gegenüber freien Lauf. Hilfe dagegen suchte man in Queichheim gewöhnlich, aufgrund seines Ansehens des Friedensrichteramtes und der Kenntniss der französischen Sprache, bei Johannes Birnbaum. So auch in diesem Fall: Eines Tages wollten fünf oder sechs Soldaten zu Fuß dem „Melackwirth", Friedrich Trauth (Gasthaus „zum Melac", Queichheim, das heutige Gasthaus „zur Krone"), seinem Taufpaten („Gevatter") und Nachbarn, die Pferde aus dem Stall holen (ein Friedrich Trauth ist im Landauer Wochenblatt von 1827 als Tabaksfabrikant in Landau, und im Eilboten aus dem Bezirk von 1837 als Gastwirt in Queichheim, dem Gasthaus zum „General Melak" [9], aufgeführt, der zur „Kirchweih mit Tanz und Musik" einlädt). Sie drangen mit aufgepflanztem Bajonett auf Trauth ein und hätten ihn wahrscheinlich erstochen, da er Widerstand leistete, wenn dieser nicht die Flucht ergriffen und in seinem Keller Zuflucht unter einer großen Bütte gesucht hätte. Die Frau des Wirts „erhob ein Zetergeschrey" und Johannes Birnbaum lief hinzu, dessen Frau fiel in das Jammern und Weinen der Wirtin mit ein, aus Furcht, daß die Soldaten ihn ebenfalls in ihrer Wut töten könnten. Es gelang ihm jedoch, diese zu besänftigen, der Wirt kroch unterdessen aus seinem Schlupfwinkel hervor, und unter scherzen und lachen wurde bei einigen Flaschen Wein Friede geschlossen und die Pferde, als auslösendes Objekt der Begierde, verblieben im Stall. Ein anderes mal ritten zwei betrunkene Dragoner ins Dorf und versetzten alles in Angst und Schrecken. Er rief den Dragonern aus dem Fenster zu und sie preschten in seinen Hof. Birnbaum ging hinaus, um sie durch die „Politik der sanften Worte" zu beschwichtigen. Unter dem Versprechen, ruhig wieder abzuziehen wenn er ihnen nur für einige Pfeifen Tabak geben würde, welcher den beiden angeblich von den Bauern verwehrt worden war, ging er ins Haus um diesen zu holen, aber just in dem Moment, während er wieder zwischen den beiden stand, zog der eine unbemerkt seinen Säbel, um ihn zu erstechen, und vermutlich wäre es ihm sogar gelungen, wenn der andere Soldat dies nicht gesehen, und den Versuch noch schnell vereitelt hätte. Gleich darauf schalt er seinen Kameraden „einen Verräther und Meuchelmörder über den andern, und zog endlich, unter tausend Entschuldigungen und Abbitten, mit dem Kerl fort".

Eine in Offenbach stationierte Kompanie Kanoniere, deren Soldaten nach Queichheim zum Tanz gingen, geriet aus unklaren Gründen in Streit mit den Burschen des Dorfes. Der Wirt, Georg Michael Rapp, der als Munizipal = Agent des Dorfes in seiner Eigenschaft als Beamter selbst über die Polizeigewalt verfügte, fand nicht den Mut, das Tanzen persönlich einzustellen, deshalb befahl er Feierabend im Namen des Friedensrichters, indem er vorgab, von diesem den Befehl erhalten zu haben (im Landauer Stadtanzeiger von 1816 als „weg gezogener Schöffe" erwähnt, es hat auch eine Brauerei Georg Michael Rapp bis ca. 1817 in Landau unter diesem Namen existiert [laut Kreis = Anzeiger von 1816, Reg.-Nrs. 4265., wurde Rapp in seinem Schöffenamt durch Leonhard Fath aus Queichheim ersetzt]). Birnbaum lag zu dieser Zeit schon im Bett, als ihn plötzlich aufkommender Lärm und französisches Stimmengewirr vor dem Fenster von seiner Schlafstatt aufspringen ließ. Kaum hatte er die Frage beantwortet, ob er der Friedensrichter sei, drang gleich neben ihm ein Säbelhieb tief in den Fensterrahmen ein. Auf seinen Ruf „zu Hilfe ! Mörder !" brachen nun die ganzen Queichheimer Burschen, die den Soldaten unbemerkt gefolgt waren und sich hinter einer großen Linde am Kirchhof in Deckung gehalten hatten, mit einer Ladung Steinen bewaffnet hervor, und fielen so hart über die Kerle her, daß ihm um deren Leben Angst und Bang wurde und er nun seinen Helfern, zur Vermeidung von Mord und Totschlag, mit Gefängnis und Strafe drohen mußte. Die Kanoniere gingen indessen, von den Burschen paarweise zusammen getrieben, zurück in ihre Kompanie.

Als man aber diese Einheit von Offenbach nach Queichheim verlegte, wurde den Bauern Angst und Bang. Ihr Hauptmann, „ein wahrer, grimmiger Riese" von Gestalt, der allein durch Aussehen und Auftreten schon Furcht und Schrecken verbreitete, logierte bei seinem Freund Georg Jakob Pfaffmann (Pfaffmann war 1795, zusammen mit Georg Ludwig Bayer, Johannes Zimmer und Johannes Fath, Prozessführer im Streit um den Horst). Was anfangs noch problemlos ablief, da sich die Queichheimer Bauern im Zaum hielten, wartete der Hauptmann unterdessen nur auf eine Gelegenheit, um sich mit dem Anschein von Recht und Gesetz, für den Vorfall am Tanzabend, an den Bauern zu rächen, und dies führte schließlich zu nachstehendem Ereignis: Zwei Kanoniere der Einheit gerieten mit ihrem Wirt, namens Mook, wegen der Kost in Streit. Der Hauptmann ließ den

Wirt gefangen nehmen und auf die Militär - Wachstube bringen. Da Birnbaum, in seiner Funktion als Friedensrichter, jenen Mook nun vor sein Gericht bestellte und nach ergebnisloser Untersuchung sofort in Freiheit setzen ließ, eilte der Hauptmann, schäumend vor Wut, zu ihm und das ganze Dorf zitterte und bangte um sein Leben. „Allein das Toben, Drohen und Schimpfen des Hauptmanns legte sich bald an meiner Höflichkeit und meinem kalten Ernste, besonders als ich ich ihm aus dem Gesetze meine Befugniß zu dem, was ich gethan hatte, bewies, und ihm den Strafartikel gegen willkürliche Arrestation vorlas". Er schreibt weiter: „Bei aller Ausgelassenheit hatte man doch schon vor dem Namen „Gesetz" eine unglaubliche Ehrfurcht: dieser Name besaß eine wahre Zauberkraft, so daß es zur Gewohnheit geworden war, wenn jemand etwas in gebieterischem Tone sprach, ihn zu fragen: seyd ihr denn ein Gesetz?" Dergleichen Auftritte mit dieser Fragestellung soll es anschließend mehrere im Dorf gegeben haben, und er darf sich wohl rühmen, dieses (Gesetz) nicht nur gegen manches Unrecht, sondern auch gegen viele Erpressungen, Anmaßungen und dergleichen, verteidigt zu haben.

<u>1799 – als Departementverwalter in Straßburg, Napoleons Rückkehr aus Ägypten und dessen Wahl zum ersten Konsul:</u>
„Kaum wohnte ich einige Monate dort, als *Napoleon Bonaparte* unvermuthet aus Aegypten zurück kam, und bald nach seiner Ankunft die Aenderungen eintraten"

Im Frühjahr 1799 wurde in Straßburg das Wahlkorps des Departements zusammengerufen, und er für den Kanton Landau als Wahlmann benannt. Die sich anschließende Versammlung wiederum wählte ihn zu einem der *Scrudatoren* oder Stimmsammler (lat.: *Scrudator* – Nachforscher, Durchsucher). Durch dieses Amt hätte er möglicherweise Gelegenheit gefunden, seinen Bekanntheitsgrad zu steigern und viele der Wahlmänner brachten ihm auch ihr Vertrauen entgegen, da sie ihn, seiner Meinung nach, für geschickter hielten als er sich selbst einschätzte, und dadurch wäre es für ihn ein einfaches gewesen, sich zu einem Mitglied des Rats der Fünfhundert wählen zu lassen, wenn er seine Bewerbung einigermaßen geschickt formuliert hätte, denn ohne auch nur einen Gedanken daran zu verschwenden, waren schon viele Stimmen für ihn eingegangen (der Rat der Fünfhundert und der Rat der Alten waren seit Einführung der Direktionalversammlung 1795 bis Ende 1799 die beiden Kammern des französischen Parlaments).

Sein Freund, Kaspar Böll, war schon Mitglied im Rat der Fünfhundert (*Conseil des Cinq-Cent*), ebenso wie Tobias Anrich, der ehemalige Gerichtsschreiber von Weissenburg in die Versammlung gewählt wurde, die Zusammenarbeit mit diesen beiden hätte ihm, im Falle seiner Ernennung, „nur angenehm seyn können", aber, wie oben erwähnt, fand er sich persönlich noch nicht dazu geschaffen und unternahm daher nicht den geringsten Schritt, während auf der anderen Seite die Wahlmänner der Städte, besonders der Stadt Straßburg, alle Hebel in Bewegung setzten, um seine Wahl zu verhindern (Tobias Anrich, *„Jean Baptiste Tobie"* war 1795 mit dem damaligen National = Kommissar Kaspar Böll Schiedsrichter im Streit um den „Horst"). Und nur um diese zu verhindern, versprachen die städtischen nun den ländlichen Wahlmännern, ihm bei der Wahl zum Departementsverwalter zu verhelfen, und, wenn er sich dann in einigen Jahren mehr Kenntnisse und Erfahrung im öffentlichen Leben erarbeitet hätte, so versicherten sie dem Wahlgremium vom Lande, wären sie bereit, seine Ernennung zum Repräsentanten, zur gemeinsamen Sache zu erklären, und so kam es, daß Birnbaum am 25. *Germinal*, im Jahre VII der Revolution [10], zum Departementsverwalter auf fünf Jahre gewählt wurde. Konkurrent war der ausgetretene Departementsverwalter, „der biedere, alte Xavier Martin Gottekien" ([*„Martin Xavier Gottekien"* laut Eintrag eines

Protokolls], mit dem *„Jean"* Birnbaum ab April 1799 als Verwalter [*Administrateur*] im Rat der 500 saß, Gottekien war bereits ab 12. September 1797 dort Verwalter, 1808 wird er als Finanzbeamter in Dambach, Kanton Birkenfeld, erwähnt), von 297 Stimmen erhielt dieser 137, und 160 entfielen auf Birnbaum. Gottekien wurde jedoch in einer zweiten Wahl auf 3 Jahre bestätigt, und die beiden dadurch doch noch Kollegen.

In Queichheim wieder angekommen, bereitete er sich mit seiner Familie zum Umzug nach Straßburg vor. Am 13. Mai 1799, dem Pfingstmontag, war die tränenreiche Abreise aus dem Dorf, ihre Freunde halfen ihnen und ihren Effekten (dem beweglichen Besitz) „unentgeltlich" beim Transport. Die Einfuhr in Straßburg wurde von einer „Beklemmung und Traurigkeit" begleitet, die er sich nicht erklären konnte, er deutet es später als eine Vorahnung seiner noch kommenden „Unfälle". Kaum dass er einige Monate in Straßburg verbracht hatte, kam *Napoleon Bonaparte* unvermutet von seiner Ägypten - Expedition zurück, betrat am 9. Oktober 1799 bei *Saint - Raphaël* wieder französischen Boden, und marschierte auf dem Weg nach Paris als gefeierter Volksheld, wenngleich er seine selbst gesteckten Ziele nicht erreichen konnte (gegen Ende wurde seine Armee auch noch durch die Pest dezimiert. Auf dem Italien Feldzug, 1 Jahr zuvor hatte er noch im Februar Rom zur Republik ausgerufen und den Papst abgesetzt), kurz danach traten die großen politischen

Veränderungen ein, einem im Endeffekt misslungenen Staatsstreich gegen das Direktorium und darauf folgend *Napoleon Bonaparte* als erstem Konsul. Eine frühe Maßnahme für die Verwaltungen war die Absendung von Delegierten in verschiedene Departements, die mit dem Auftrag betraut waren, eine Umgestaltung der Behörden („Reformierung"), insbesondere der Departementsverwaltungen, vorzunehmen. Ursprünglich war dem niederrheinischen Departement (französisch *Bas-Rhin*) keine Abordnung zugedacht, wie zuerst eine Meldung aus Paris verlautete, in Verbindung mit der Anweisung, „die Personen im Stillen zu befragen, welche man in die Departementsverwaltung an die Stelle einiger Verwalter zu setzen Sinnes war". Der geschickte Geschäftsmann *Camill(e) Barbier* (ehemaliger General Sekretär der Departementsverwaltung), war zum Präsidenten ausersehen, und hatte ihm schon versichert, daß er den Posten annehmen würde, Als plötzlich der Volksvertreter *François René Mallarmé* (*1755, †1835) aus Nanzig (deutsch für *Nancy*), in Straßburg ankam. Während seines gesamten Aufenthaltes äußerte *Mallarmé* größte Zufriedenheit mit der Amtsführung, „überlud uns sogar mit Höflichkeiten und zog uns zur Tafel".

Nur Birnbaum erschien die Sache als einzigem, aufgrund seiner Einschätzung, äußerst suspekt, er konnte diesem

„Vertreter des Volkes" kein Vertrauen entgegen bringen, *Mallarmé* erschien ihm eher heimtückisch, und als ein Mensch, der erst im letzten Moment seine weiteren Pläne offenbaren und zur Ausführung bringen würde, was er seinen Kollegen mitteilte (einen davon, aus ihm bestimmten Gründen, ausgenommen) und von diesen wegen seiner Vorurteile gegen den Volksvertreter gerügt wurde. Aber, seine Menschenkenntnis sollte ihn nicht in die Irre führen ! *Monsieur Mallarmé* hatte wirklich seine Gefolgsleute, die den Aufbau einer Behörde im aristokratischem Sinne betreiben wollten, und als sie am Morgen, nach dessen Abreise auf die Verwaltung kamen, „fanden drey von uns, und darunter auch ich, unsere *Suspension* (Amtsenthebung) in einem verschlossenen Briefe auf dem Tische liegen". Seine Empörung über dieses hinterlistige Verfahren war, eingedenkend seiner Unschuld, riesengroß,. Da er eine gut geführte Verwaltung hinterließ, setzte er sich nach der Rückkehr in seinem Haus sofort an den Schreibtisch, und verfasste in einer ersten Gefühlswallung einen Brief an *Napoleon Bonaparte*, seiner Erinnerung nach, mit etwa folgendem Inhalt: „Bürger, erster Konsul ! Jeder biedere Franzose hat neulich mit Vergnügen in dem *Moniteur* gelesen, daß sie den Befehl erteilt haben, Ihnen keine Vorstellung, keine Eingabe vorzuenthalten, indem Sie die Wahrheit kennen wollten, und die Sprache der Wahrheit Sie nicht verletzen könnte; Daß Sie dagegen erkläret haben, daß Sie der Schmeicheley Ihr Ohr nicht leihen, sondern derley

Schriften in das Feuer werfen würden. Ich darf also nicht fürchten, Sie zu beleidigen, wenn ich Ihnen sage, daß Ihr Delegirter, Bürger *Mallarmé*, in Ihrem Namen eine Ungerechtigkeit an mir begangen hat, indem er mich, mit dem gewöhnlichen Bann = Motif, daß ich das Zutrauen des Volkes nicht besitze, von meiner Verwaltersstelle suspendirte. Ich behaupte das Gegentheil, verlange öffentliche Untersuchung und Gerechtigkeit, die ich nicht zu scheuen habe. Jeder Verbrecher hat ja das Recht, öffentlich gerichtet und nicht ungehört verurtheilt zu werden. Das Loos öffentlicher Beamten darf nicht schlechter, als das der Diebe und Mörder seyn, und Sie sind zu gerecht, um eine Bitte zu verweigern, von welcher Ruhe, Ehre und der gute Ruf eines Bürgers abhängen ….", weiter schreibt er über den Vorgang, nachdem er die Mitteilung an *Napoleon Bonaparte* verfasst hatte:

„Für diejenigen, welchen die Sprache unbekannt ist, in der man kurz vorher, wenn man sich gekränkt fühlte, seine Beschwerden vorzutragen gewohnt war, mag diese Vorstellung etwas unanständig scheinen. Sie mochte auch dem ersten Konsul nicht ganz gefallen; denn bald mußte man sich einer geschmeidigeren und unterwürfigeren bey ihm bedienen. Auch gestehe ich, daß ich bey kälterem Blute das Schreiben gerne wieder zurückgenommen und anders stilisiret hätte, wenn es nicht schon abgeschickt gewesen wäre. Indessen erhielt ich keinen Verweis, sondern von dem Privat = Sekretär, *Lagarde (Joseph-Jean Lagarde, *1755, †1839, Anwalt, 1795 General-Sekretär des Direktoriums)"* die kurze Antwort „daß er auf Auftrag des ersten Konsuls mir melde, daß derselbe meine Beschwerden untersuchen, und mir die verlangte strenge Gerechtigkeit widerfahren lassen werde". Und dieß geschah auch wirklich, wie man später sehen wird. In einer Fußnote setzt sich Birnbaum noch weiter mit dem Thema auseinander:

„Die Franzosen selbst haben Napoleon durch ihre niederträchtigen Schmeicheleyen verdorben, und es wäre kein Wunder, wenn er sie verachtet hätte. Ein Präfekt, Namens *Lachaise,* auf deutsch „Stuhl" *(Jacques François, Baron de La Chaise,* [*1743, †1823, Präfekt des *Pas-de-Calais,* 1803], bey welchem *Napoleon* auf einer Reise einzukehren hatte, schrieb unter die Standuhr in dem für ihn bestimmten Saale folgenden Vers: *Dieu créa Napoléon et reposa* – Gott schuf Napoleon und ruhete aus. Er wurde aber von einem Witzling dafür gezüchtiget, indem dieser darunter setzte: *Pour mieux reposer á son aise, il fit auparavant la chaise* – Um besser auszuruhen, machte er vorher den Stuhl"

Birnbaum schickte nun seine Familie zu seinem Schwager Johann Michael Groß nach Landau zurück, er selbst verblieb in Straßburg, in Erwartung der angekündigten Entscheidung. Als ihm dies jedoch zu lange dauerte, begab er sich ebenfalls zum Schwager, um dort bis zum Erhalt einer neuen Anstellung zu verbleiben. Vor seiner Abreise verfasste er jedoch noch einen Brief ins Kabinett des 1. Konsuls (*Premier Consul*), adressiert an General *Henri-Jaques-Guillome Clarke*, welcher dort als Sekretär tätig war, mit der Bitte um Verwendung zur Beschleunigung in seiner Angelegenheit.

Er beschreibt *Clarke* als äusserst schön, groß und gebildet, dieser war während der Blockade 1794 Obrist des „Reuter = Regiments Royal" (Reiter-Regiment), „welches in Landau in Besatzung stund" (*Henri-Jaques-Guillome Clarke*, *17. Oktober 1765, †28. Oktober 1818, *Clarke* wurde 1793 nach der Schlacht bei Landau Brigadegeneral und danach Chef des General = Stabes der Rheinarmee, 1795 geriet er in Verdacht, wurde abgesetzt und verhaftet, avancierte aber nach seiner Freilassung zum Chef des topographischen Büros und später für das Direktorium als Divisionsgeneral im geheimem Auftrag. Er war zur Beobachtung *Napoleons* unterwegs, mit dem er sich aber arrangierte und dadurch nach dem Staatsstreich vom 18. *Brumair* VIII [9. November 1799] durch *Napoleon* erneut zum

Chef des topographischen Büros erhoben wurde, anschließend war er Kommandant von Lunéville und mit der Auswechslung russischer Kriegsgefangener betraut u.s.w. Im Jahr 1815, nach *Bonapartes* Landung von Elba, floh er mit König Ludwig dem XVIII. nach *Gent*, Holland, in die Region Flandern, und soll sich danach längere Zeit bei Herrn Pfarrer Schmidt in der elsässischen Gemeinde Lützelstein [französisch *La Petit-Pierre*] aufgehalten haben, bis er von den *Bourbonen* wieder zur Verwaltung des Kriegsministeriums berufen wurde). Kennengelernt hatte Birnbaum *Clarke* in der Gesellschaft der Freunde der Konstitution, bei der dieser damals ebenfalls Mitglied war, und er so einigemale das Vergnügen hatte, in seiner Gesellschaft zu speisen. Eine nähere Bekanntschaft war ihm jedoch nicht vergönnt. Pfarrer Schmidt hatte diesem in Albersweiler, unweit von Landau, wo er vormals das Amt als Gemeindeseelsoger ausübte, Unterricht in der deutschen Sprache gegeben. Birnbaum kannte den Herrn Pfarrer kaum, und dieser ihn vermutlich ebenfalls nur von Namen und Ruf. Während er sich im Weissenburger Distrikt in Anstellung befand, und man zu dieser Zeit Jagd auf die Geistlichen machte (Anno 1793, durch die Verweigerung der Kirchenbediensteten den Eid auf die neue Verfassung zu leisten), diese gar „schaarenweise in die Gefängnisse schleppte", begab es sich, daß ein Mann in der größten Not und Verzweiflung sein Büro betrat, sich nach seinem Namen erkundigte, und als er denselben genannt hatte, ihm um den Hals fiel, und um Gotteswillen darum bat, sein Retter zu werden [11]. Es war jener Pfarrer Schmidt, der mit Gefängnis (Arrestation) bedroht war. Die einzige Möglichkeit, ihm die Freiheit zu erhalten, sah er darin, daß ihn die Distriktsverwaltung als Schreiber anstellte und in *Requisition* (Rechtshilfe, Untersuchung) setzen ließ, dies zu bewirken war für ihn das größte Glück.

Bis 1799 hörte er weder von *Clarke* noch von Schmidt etwas, als dieser (*Clarke*) unvermutet, „wieder ans Tageslicht getreten war", mit einem Auftrag vom Direktorium der Republik an die Departementsverwaltung kam, sich nach dem Verwalter Birnbaum erkundigte, und ihm einen Brief von Pfarrer Schmidt überreichte. Sie erkannten sich wieder, und der Freundschaftsdienst, den er Schmidt erwiesen hatte, zog ihm das Vertrauen und, wie er sich ausdrückt, „Wohlwollen des Herrn Clarke zu". *Clarke,* wurde durch die damalige Hilfe, dem Arrangemant mit *Napoleon,* von diesem hoch geachtet, und erst zum Grafen von Huneburg (*comte d'Hunebourg*), dann zum Herzog von Feltre (*duc de Feltre*) erhoben, und endlich als Kriegs = Minster angestellt. Bei Rückkehr der *Bourbonen* wandte er sich aber von *Napoleon Bonaparte* ab, und schlug sich trotz allem, als dieser schon von Elba entflohen und auf dem Weg nach Paris war, auf die Seite der Aristokratie, flüchtete anschließend mit dem französischen König (s.o.). *Clarke* starb 1818 auf seinem kleinen Gut in „mittelmäßigen Umständen", jedoch die Freundschaft hat er ihm auch unter den *Bourbonen* noch erhalten.

Begeben wir uns nach diesem kurzen Ausflug, zurück zum Ereignis der *Suspension*. Bereits einige Tage nach seiner Ankunft in Landau erhielt er einen Brief von *Clarke*, mit der Anfrage, ob er sich denn auch dazu entschließen könnte, eine Stelle ausserhalb des Departements anzunehmen, und wenn ja, ob er bereits etwas bestimmtes im Sinn hätte ? Seine Antwort war, daß ihn zwar nichts davon abhielte, er es aber vorziehen würde im Departemente zu verbleiben, und sich seine Wünsche in erster Linie auf eine Distriktsrichterstelle beschränken würde. Da sich die Regierung in dieser Zeit mit der Einsetzung der neuen Verwaltungs- und Gerichtsbehörden befasste, die durch Erlasse vom 28. *Pluviose* und 27. *Ventose* VII (17. Februar und 18. März 1800) per Dekret verordnet worden waren, konnte der Augenblick für ihn daher nicht günstiger sein. Seine Wünsche wurden bald über alle Erwartungen erfüllt, denn ohne vorheriges Wissen kam ihm Ende März die Urkunde zur Ernennung als Präfekt des Wälder = Departements zu (franz. *Département des Forêts*), mit dem Befehl, sich unverzüglich auf seinen Posten zu begeben, „Was mir schmeichelhaft seyn mußte, war, daß mir in dem Diplome der Titel Departements = Verwalter beygelegt ward, ein Beweis, daß meine Suspension (Entlassung) den Beyfall *Napoleons* nicht erhalten hatte", und wirklich erfuhr er später, daß dieser mit der Vorgehensweise *Mallarmés* höchst unzufrieden war. Besagter „Volksvertreter" hatte bekanntermaßen dem Minister des Innern, *Lucien Bonaparte*, Rechenschaft abzulegen und konnte keinen anderen Grund zu seinem Vorgehen angeben, als daß man ihn von der Notwendigkeit überzeugt hätte, einen anderen Geist in die Departements = Verwaltung zu bringen, und drei Mitglieder durch andere zu ersetzen, und, da man sich über das Ausscheiden des dritten nicht einigen konnte, das Los darüber entscheiden ließ, welches dann auf ihn gefallen war (*Lucien Bonaparte*, drittgeborener Bruder *Napoleon Bonapartes*, 1799 war er zum Präsidenten des Rates der Fünfhundert gewählt worden und hatte so die Wahl *Napoleon Bonapartes* zum ersten Konsul ermöglicht). Da auch die Deputierten des Departements, die ebenfalls vom Minister befragt wurden, keine negative Aussage gegen ihn hervorbringen konnten, ihm „kein ungünstiges Zeugniß ertheilten", läßt sich leicht begreifen, daß *Clarke* seinen Einfluß ohne Zweifel zu Birnbaums Vorteil nutzen konnte, und sich der Erhalt dieser Stelle darauf begründete, welche er sich ohne dessen tätige Mithilfe („ohne seine Gönnerschaft"), wahrscheinlich nie hätte erträumen können. „Alles beeiferte sich jetzt, mir seine Freude über meine Erhebung zu bezeugen und mir Glückwünsche darzubringen, und die ersten Gratulanten waren die, welche mich bey der Suspension nicht mehr gekannt oder gar ihre Schadenfreude über dieselbe geäussert hatten. So sind die Menschen".

<u>1800 – Präfekt des *Département des Forêts* (Wälder = Departement) in Luxemburg: „Am Neujahrsfeste IX (23. September 1800) wurde mein Departement in der ganzen Republik feyerlich ausgerufen sich wohl um das Vaterland verdient gemacht zu haben…"</u>

So sehr ihm die erlangte Genugtuung und die damit einhergehende Auszeichnung hätte gefallen müssen, so war er sich doch selbst darüber im Zweifel, ob er die Anstellung überhaupt annehmen sollte, da er in sich nicht die erforderliche Sicherheit verspürte, die Kraft für einen solch wichtigen Posten aufzubringen, und durch den Gedanke an den tiefen Fall, beim Versagen, neigte er eher dazu, diesen auszuschlagen, „denn das sahe ich wohl ein, daß unser kleines Vermögen durch die Kosten einer nur halb anständigen Einrichtung unseres Hauswesens aufgefressen werden würde, und was sollte ich denn in einem fremden Lande (im Falle des Versagens), ohne Amt, und von aller Welt verlassen, anfangen !" Aber allein der Gedanke, *Napoleon* würde seine Ablehnung als Beleidigung auffassen und er daraus resultierend keine weitere Anstellung mehr erhalten, sowie die Vorstellung, daß er, durch die sich anschließende Mittellosigkeit, die Ernährung seiner Familie nicht mehr gewährleisten könnte, brachten ihn letztendlich zu dem Entschluss, die Präfektenstelle doch anzunehmen. Dieser Zusammenhang mit der Familie, und insbesondere der Sachverhalt, daß Verwandte und Bekannte diese Besorgnis mit ihm teilten, waren für ihn ausschlaggebend zum weiteren Vorgehen, oder wie er das ganze beschreibt „meinem Rufe zu folgen". So reiste er „in Gottes Namen ab, und kam am 21. *Germinal* VIII. (11. April 1800) abends unbekannt in Luxemburg an". Schon am nächsten Tag trat er sein Amt an, „und erst am 4. May darauf kam auch meine Familie nach". Als Ersatz für die Reisekosten und der ersten Einrichtung erhielt er die Summe von 2400 *Livres* (ca. 1100 fl., – fl. ist die Abkürzung für Florin, bzw. Gulden), die allerdings, mit dem was sie noch im Stande waren selbst beizutragen, „nicht einmal zur Einrichtung eines anständigen bürgerlichen Hauses hinreichend war".

Anfänglich gefiel es Ihm und seiner Frau im neuen Stand nicht. Gewohnt, nur mit bürgerlichen Leuten umzugehen, „ließ uns unsere Unbekanntschaft mit dem sogenannten bessern Tone und unsere Blödigkeit eine ziemlich linkische Rolle spielen, und die Aermlichkeit unseres Aufzuges gab uns ein trauriges Ansehen", beschreibt er die Umstände selbst unverblümt und wahrscheinlich überspitzt. Nach und nach scheint sich jedoch der ländliche Einschlag gelegt zu haben, der Umgang mit der gebildeten Gesellschaft zeigte erste Änderungen, er „schliff unsere rauhen Ecken etwas ab", und sie fingen langsam an, sich einzugewöhnen, sich „behaglicher zu fühlen". Die Bevölkerung bewies ihm „Liebe und Zutrauen" und seine Verwaltung „erlangte den Beyfall der Regierung". Am Neujahrsfest des Jahres (*An*) IX (23. September 1800) wurde sein Departement „in der ganzen Republik feyerlich ausgerufen" sich um das Wohl des (französischen) Vaterlandes verdient gemacht zu haben, diese Ehrung, die nur jeweils zehn ausgewählten Departements zugedacht wurde, war begleitet mit einem Dekret, „und dem schmeichelhaftesten Schreiben" an ihn. Das nächste Belobigungsschreiben erhielt er am 3. *Frimair* IX (24. November 1800) vom Minister des Innern, *Lucien Bonaparte* (dieser hatte dieses Amt noch bis zum 21. Januar 1801 inne, ihm folgte *Jean-Antoine Chaptal*) und, als er glaubte, sein Glück wäre nun auf dem Zenit angelangt, erhielt er aus heiterem Himmel sein Entlassungs = Dekret, ohne auch nur die geringste Kenntnis davon zu haben weshalb, oder daß man wenigstens, selbst zwischen den Zeilen, einen Hinweis aus dem Begleitschreiben des Dekretes hätte herauslesen können.

Der Inhalt des Beschlusses lautete etwa: *„Bonaparte*, erster Konsul der Republik, verordnet, auf den Bericht des Ministers des Innern, daß Bürger Birnbaum, Präfekt des Wälder = Departementes sein Amt niederzulegen habe".

Der Brief des Innenministers war eben so lakonisch: „Ungebogen erhalten Sie einen Beschluß des ersten Konsuls, wornach Ihnen anbefohlen ist, Ihr Amt niederzulegen. Sie wollen den Empfang desselben anzeigen".

Ein harter, und insbesondere trauriger Schlag, da er seinen Schwiegervater, Johann Michael Steeg, inzwischen ein Greis von 74 Jahren, nach Luxemburg eingeladen hatte, „zu uns zu kommen, und sein Leben bey uns zu beschließen", welcher gerade auf der Reise war, und sich „nun in Trauer und Noth versetzt fand". Wenige Tage vorher noch hatte ihn Ludwig *Bonaparte* (*Louis Napoléon Bonaparte*, zweiter Bruder *Napoleons* und als *Lodewijk Napoleon* späterer König von Holland), auf seiner Durchreise an den Berliner Hof „mit seinem Besuche beehrt" und dabei den Wunsch geäussert, da er beide Sprachen, deutsch und französisch, fließend beherrschte, ihn doch nach Berlin zu begleiten.

Seine Entlassung verursachte „allgemeine Bestürzung in Luxemburg". Alles drang auf ihn ein, sich auf der Stelle nach Paris zu begeben, um sich dort zu rechtfertigen, „und eine edle Seele schoß mir sogar aus freyem Antriebe nicht nur das Geld zur Reise vor, sondern verschaffte mir auch Quartier bey einem ihrer Freunde, dem damahligen Volkstribun, Herrn *Legier*" (*Nicolas-Vincent Légier*, *1754, †1827, Volkstribun, Nationalagent, und ab 1795 Direktoriums = Kommissar des Wälder = Departements). Sein Gefühl bei der Einfahrt in die Hauptstadt „lasse sich nicht beschreiben". Der Anblick der stolzen *Tuilerien* (das frühere Stadtschloß der französischen Herrscher), „wo der gefürchtete Mann (*Napoleon*) wohnte, von dessen Laune mein Glück oder Unglück abhieng, preßte meinem Herzen stille Seufzer und meinen Augen Thränen aus", und weiter, nach der Ankunft, „Stumm und traurig schlich ich neben meinem Führer her, der Wohnung des Herrn *Legier* zu, wo mich die freundlichen theilnehmenden Gesichter doch etwas aufheiterten".

Noch am gleichen Tag schrieb er einen Brief an *Jaques-Guillome Clarke*, der ebenfalls in den Tuilerien wohnte, in dem er ihn um eine Unterredung bat, dieser jedoch schickte statt einer Antwort seinen Flügeladjudanten, der ihm von *Clarke* mitteilen ließ, daß er innigsten Anteil an seinem „Unfalle" hätte, und herzlich gerne alles tun würde, was in seiner Macht stünde, um ihm wieder zu einer Anstellung zu verhelfen, aber leider bedauern müsse, ihn nicht persönlich empfangen zu können, sondern sich vorerst nur auf schriftliche Mitteilungen beschränken könne. *Napoleon* war mittlerweile selbst von seinen Günstlingen schon so gefürchtet, daß diese es nicht wagten, Besuch zu empfangen ohne sich vorher seiner Bewilligung sicher zu sein. Aber noch mehr hatte *Clarke* allem Anschein nach nicht den Mut, für Birnbaum unmittelbar bei *Napoleon* eine Empfehlung abzugeben, denn er beließ es bei solchen bewenden, die er den beiden anderen Konsulen zur Weitergabe zukommen ließ. Der Kontakt zwischen *Clarke* und ihm wurde auch weiterhin nur mündlich, und nicht schriftlich, über den Flügeladjudanten (den persönlich zugeteilten Offizier von *Clarke*) geführt, so daß er später von Paris abreiste, ohne diesen auch nur einmal persönlich zu Gesicht bekommen zu haben. Daß er unter diesen Gegebenheiten auch keinen Zutritt bei *Napoleon* erbeten hatte, ist leicht verständlich, ebenso verspürte er keine Lust, ihn auch nur an irgend einem anderen Ort, an dem dieser sich öffentlich zeigte, zu sehen.

Am darauffolgenden Tag stellte ihn *Legier* den beiden Konsulen *Jean-Jaques Régis de Cambacérès* (*1753, †1824, ab 1808 Herzog von Parma, Oktober 1796 Präsident des Rates der

Fünfhundert, 1799 Justizminister, und nach dem 9. November des gleichen Jahres zweiter Konsul, 1800 Vorsitzender der Expertenkommission des *Code civil*. Im Jahr 1815 begleitete er noch einmal das Amt des Justizministers) und *Charles François Lebrun* (*1739, †1824, Herzog von *Piacenza*, ebenfalls 1796 Präsident des Rates der Fünfhundert, und, nach dem 9. November 1799, gleich *Cambacérès*, als dritter Konsul) sowie dem Minister der General = Polizei, dem berüchtigten *Fouchet de Nantes*, sowie dem Minister des Inneren, *Jean-Antoine Chaptal* vor (*1752, †1832, *Chaptal* war Nachfolger von *Lucien Bonaparte* in diesem Amt (zu *Joseph Fouché*, *1759, †1820, nahe *Nancy,* zu deutsch Nantes, geboren, 1808 zum Reichsgrafen erhoben, 1793 war er Vorsitzender einer Kommision die in *Lyon* die Entstehung einer monarchistischen Gegenrevolution verhindern sollte, dabei wurden ca. 1600 Todesurteile verhängt, wodurch er später den Beinamen „der Schlächter von *Lyon*" erhielt. *Fouché,* der spätere Herzog von Otranto [*duc d'Otrante*, 1809 erster Herzog von Otranto, Apulien, Italien] errichtete unter *Napoleon* in seiner Funktion als Polizeiminister die erste Geheime Polizei der Neuzeit, die später, 1813, nach einer Testphase, als *Sûreté Nationale,* offiziell unter der Leitung des berüchtigten, jedoch geläuterten Exkriminellen, *Eugène François Vidocq,* [*1775, †1857], der bereits vorher für die Polizei, ab 1809, erfolgreich Spitzeldienste durchführte um einer Gefängnisstrafe zu entgehen. Die *Sûreté* nahm ihre Arbeit per Dekret mit *Napoleons* Segen auf). *Chaptal* wurde aufgrund seiner Tätigkeit als Chemiker in den Adelsstand, zum *Comte* [Graf] *de Chanteloup,* erhoben und führte 1799 das metrische System für Gewichte und Längenmaße in Frankreich ein, nach Aufforderung *Napoleons* 1801 folgte der sogenannte *Chaptal –* Erlass, welcher zur Gründung einiger Museen außerhalb von Paris, auch in Mainz, dem jetzigen Landesmuseum, führte). Schlußfolgernd fiel der Empfang für ihn besser aus, als er erwartet hatte. Er bat den zweiten Konsul *de Cambacérès* um Mitteilung der Gründe, weshalb die Regierung ihm ihr Zutrauen entzogen hatte und er in Ungnade gefallen war, dieser gab ihm jedoch zur Antwort: „Sie haben weder das Zutrauen der Regierung verloren, noch sind sie in Ungnade gefallen; die Regierung hat oft ihre geheimen Gründe, welche zu erforschen nicht erlaubt ist. Sie können meiner Gewogenheit versichert seyn, und ich denke nicht, daß sie unzufrieden von Paris abreisen sollen".

Herr *Lebrun,* der dritte Konsul, von Natur aus „leutselig" (gemütvoll, gesprächig, gutgläubig), nahm sich seiner äusserst freundlich an und versicherte ihm „ebenfalls seines ganzen Interesses". An der Ernennung seines Nachfolgers, des berüchtigten Jakobiners *Jean Baptiste Lacoste,* schien er überhaupt keinen Gefallen zu haben (*Lacoste* wurde nach ihm Präfekt des Wälderdepartements in Luxemburg). Dieser *Lacoste*, der sich fast immer auf Sendung befand (unterwegs zu anderen Verwaltungen), und wegen seiner Härte und Strenge gefürchtet war, wurde am 1. Juni 1795 von Georg Friedrich Dentzel, in diesem Jahr kurzzeitig Sekretär des Nationalkonvents und danach politischer Kommissar mit weitreichenden Vollmachten (s.o.), und dem damaligen Juristen und Volkskommissar *Louis-Joseph Faure*, (*1760, †1837, später einer der vier Autoren des *Code Napoléon*, dem bürgerlichen Gesetzbuch, welches 1804 in Kraft trat) wegen seines ungebührlichen Benehmens denunziert. *Lacoste* wurde als Organisationsleiter die Schuld an den Bluttaten unter Führung von Pater *Eulogius* Schneider gegeben (Taufname Johann Georg Schneider, geboren 1756, wurde 1794 zum Tode verurteilt und hingerichtet), der als Civil = Kommissär und Ankläger des Revolutionstribunals, im Elsass stets in Gefolge einer *Guillotine* einherzog, unter der er letztendlich selbst endete.

Der Minister des Innern, *Jean-Antoine Chaptal*, wußte nichts von seiner Suspension, da er erst einige Tage vorher (wie oben erwähnt) die Stelle von *Lucien Bonaparte* übernommen hatte, welcher in seiner neuen Funktion als Botschafter nach Spanien unterwegs war. *Chaptal* gab Birnbaum den Hinweis, er solle in 8 Tagen wieder kommen, er (*Chaptal*) ließe sich die Akten über seine Entlassung vorlegen, wollte dann mit dem ersten Konsul über den Vorfall sprechen und werde ihm daraufhin „aufrichtigen Bescheid ertheilen". Vor dem Gespräch mit Polizey = Minister *Fouché* war ihm, wie er sich selbst eingestand, doch ein wenig bange, „denn der Himmel mochte wissen, ob ich nicht von Feinden oder Verläumdern angeschwärzt worden war. Es ist eine schreckliche Sache mit der Polizey, zumahl um die geheime, bey einer mißtrauischen Regierung, welcher vollends gar nichts an den Menschen liegt". Aber auch dieser Besuch verlief besser ab, als es seiner Erwartungshaltung entsprach, denn *Fouché* machte ihm sogar Komplimente über die Durchführung seiner Verwaltung.

Jedoch, die Entlassung aus seiner Präfektenstelle war ihm nun noch rätselhafter als zuvor, und er konnte kaum den zweiten Besuch beim Minister des Innern abwarten. Endlich war die Stunde der Wahrheit angebrochen, und er betrat das Arbeitszimmer des Ministers. „Der würdige Mann empfieng mich mit sichtbarer Zufriedenheit und Theilnahme" und ohne ihn ihn zu Wort kommen zu lassen, sprach er „Vom Ministerium des Innern ist kein Bericht gegen sie gemacht worden; der Streich ist unmittelbar aus dem Kabinette des ersten Konsuls gekommen. Haben sie vielleicht irgend einen General beleidiget ?" Birnbaum erklärte nach einer kurzen Überlegungspause, daß ihm nichts dergleichen bewußt wäre. Nun desto besser, antwortete Minister *Chaptal*, und erwiederte, daß auch er keinen Hinweis darauf beim ersten Konsul hätte bemerken können, im Gegenteil sogar davon ausgehe, daß dieser ihn für den erlittenen Verlust durch eine vorteilhaftere Anstellung entschädigen werde.

„Mit ruhigem Herzen" wartete er jetzt die Erfüllung der für ihn erfreulichen Aussichten ab, war aber nach sechs Wochen des Wartens nicht weiter als am ersten Tag. So oft eine Präfektur vakant wurde, was einige Male der Fall war, und er sich daraufhin beim Minister erkundigte, zuckte dieser mitleidig mit den Schultern, denn jedesmal war die Stelle schon durch *Napoleon* persönlich an einen seiner Günstlinge oder den Favoriten eines seiner Generäle bereits vergeben worden, und er hatte wieder das Nachsehen. Zufällig erfuhr er im Abendzirkel (Gesprächs-, Diskussionsrunde) beim zweiten Konsul, *Cambacérès*, über eine „erledigte" (freie) Stelle in Brüssel als Appellationsrichter [12], und des Wartens überdrüssig, wandte er sich gleich an Herrn *Cambacérès*, mit der Anfrage, ob sich dieser wohl für ihn einsetzen würde.

Zu seinem Erstaunen war *Cambacérès* „sehr bereit dazu", er gab ihm sogar Anweisung, wie er es „anfangen müßte, um den andern Morgen noch vor 10 Uhr mein Gesuch in die Hände des Justiz = Ministers zu bringen, weil sie um diese Stunde mit einander zum ersten Konsul führen", und dort seine Ernennung auf der Stelle geschehen könnte. Er ließ keine Zeit verstreichen und setzte sein Gesuch noch am gleichen Abend auf, damit er es dem Justiz - Minister am nächsten Morgen noch überreichen konnte. Vor der Übergabe wollte er jedoch noch den Minister des Innern „zu Rathe ziehen", da es ihm eigentlich mehr darum ging, eine Präfektur zu erlangen als eine magere Appellationsrichterstelle, deswegen begab er sich vorher erneut zu Herrn *Chaptal*, und ungeachtet, daß dieser den Befehl erteilt hatte niemanden zu empfangen, da er allein mit seinem Sekretär arbeitete, ließ der Minister ihn trotzdem mit der ihm eigenen Güte eintreten, *Chaptal* aber riet ihm, das Gewisse dem Ungewissen vorzuziehen, und verabschiedete Birnbaum wieder mit der Versicherung seiner Unterstützung, wenn eine Präfektur frei („vakant") würde, und er dabei etwas für ihn tun könnte. Und von Wortbruch konnte bei diesem keine Rede sein, wenn er, wie so häufig, bei der Vergabe von Präfekturen wieder leer ausging, denn lange nachher gab es noch eindeutige Beweise seiner Unterstützung, „seines Wohlwollens". Vom Minister des Inneren eilte er nun zum Palast des Justiz = Ministers, Herrn *André Joseph Abrial* (Justizminister von 1799 bis 1802, *1750 - †1828).

Sein Wagen wartete schon am Tor „und eine große Menge Menschen harrte auf Gehör". Als Herr *Abrial* in den Wagen stieg, kämpfte sich Birnbaum, das Gesuch in der einen, den Hut in der anderen Hand in die Höhe haltend, „unter hundert Stößen durch das Gewühl von Menschen", und als ihn dieser erblickte, ließ er ihn an den Kutschenschlag kommen, nahm ihm das Gesuch ab, und schon am nächsten Morgen bekam er einen Brief von Konsul *Cambacérès*, daß ihn der erste Konsul zum Appellationsrichter in Brüssel ernannt hatte. Bis zur Ausfertigung des Dekretes konnten immer noch einige Tage vergehen, und da ihm Georg Friedrich Dentzel den Vorschlag machte, diese in Gesellschaft seiner Familie zu verbringen, nahm er die Einladung mit Freuden an, fuhr mit ihm nach Versailles, und nach drei angenehm verbrachten Tagen kehrte Birnbaum wieder nach Paris zurück, wo er aber, zu seinem Befremden, kein Ernennungsdekret in der Wohnung vorfand, obwohl man ihm doch versprochen hatte, dieses dort hin zu senden. Um die Ursache der Verzögerung in Erfahrung zu bringen, besuchte er am gleichen Abend noch den Zirkel bei Herrn *Cambacérès*.

Beim Eintritt in den Saal, bei dem jeder Ankommende von einem Herold laut angekündigt wird, drehte sich der Konsul, der gerade vor der Tür stand, nach dem ausrufen seines Namens, mit der Anrede gegen ihn um: „So, sie sind noch hier? Ich habe sie schon auf ihrem Posten geglaubt", worauf Birnbaum antwortete, daß er seine Ernennungs = Urkunde noch nicht erhalten habe und sich auf keinen Fall erlauben würde „Paris zu verlassen, ohne ihm (*Cambacérès*) meinen Dank und meine Hochachtung persönlich zu bezeugen" als dieser ein wenig stutzte, ihm kurz darauf andeutete, er solle den Minister, der sich ebenfalls im Saal befand, zu ihm rufen, ihn währenddessen aber selbst erblickte, und gleich daraufhin zu sich winkte, um sofort mit der Befragung nach der Ursache der Verzögerung zu beginnen. Auswirkung für den momentanen Stillstand, lautete die Antwort des Ministers, sei die Tatsache, daß sich die ihm zugesprochene Stelle nur durch die vorübergehende Ernennung seines Vorgängers zum Deputierten am gesetzgebenden Korps ergeben hatte, und sich nun die Frage aufwerfe, ob dieser Abgeordnete eine lebenslängliche Anstellung als Richter durch Annahme der temporären (zeitlich begrenzten, vorübergehenden) Deputiertenstelle verlieren würde, oder ob er sie nach Beendigung der *Deputation* (Entsendung, Abordnung) wieder zurück erhielt. Mit der Bemerkung, daß ein solcher Richter für die Dauer der zeitlichen Anstellung in jedem Fall ersetzt werden sollte, und Birnbaum sich mit einer vorübergehenden („interimistischen") Anstellung begnügen werde, dachten wohl beide, Konsul *Cambacérès* und er, daß hiermit alle offenen Fragen geklärt wären, aber bald erfuhr Birnbaum, daß es in diesem Fall um seine Person ging, da man ihn von Brüsseler

Seite nicht einmal als Übergangslösung am Appellationsgericht (*cour d'appel*) als Richter anstellen wollte.

Die belgischen Gesandten mußten von seiner Unterhaltung mit Konsul *Cambacérès* unterrichtet worden sein, denn schon am nächsten Tag bekam er eine Einladung von Herrn Senator *Lambrechts* (*Charles Joseph Mathieu de Lambrechts,* *1753, †1825, Justizminister von 1797 bis 1799), bei ihm vorstellig zu werden. Nichtsahnend, was dieser von ihm wollte, betrat er das Zimmer und erfuhr umgehend, als er ihm seinen Namen genannt hatte, den Grund. „Sie suchen Appellationsrichter in Brüssel zu werden" kam *Lambrechts* sofort zur Sache, „und diese Stelle ist nicht, was sich für Sie schickt, oder vielmehr Sie schicken sich nicht für die Stelle". Birnbaum eigne sich nicht dafür, da dieselbe einen Juristen verlange, und er keiner sei. Er würde „eine schlechte Figur" unter seinen Kollegen abgeben, die alle im Besitz ausgezeichneter Kenntnisse in der Rechtswissenschaft wären. Er solle sein Gesuch zurücknehmen und sich statt dessen auf eine Stelle als Sicherheitsbeamter melden, welche für ihn einträglicher wäre und er dafür besser geeignet sei. In diesem Falle könne er auf seine volle Unterstützung rechnen. Die Belgier seien es nicht gewohnt, so schreibt Birnbaum, „viele Umschweife zu machen, und zumahl war es Herr *Lambrechts* nicht, welcher früher Professor des Rechtes an der Universität zu Leuven (Belgien, deutsch Löwen), und später eine Zeitlang Justiz = Minister in Paris gewesen war, und die Komplimente gar nicht liebte". Ansonsten agierte *Lambrechts* geschickt und wurde als „anerkannt rechtschaffener" Mann geachtet. Die Form der Schilderung seiner Person konnte Birnbaums Stolz jedoch nicht wiederspruchslos hinnehmen, daher antwortete er kurz, aber bestimmt, daß er „freylich kein Jurist sey", er sich aber genug Fähigkeiten zutrauen würde, um in der „Gesellschaft so ausgezeichneter Juristen durch Fleiß und Aufmerksamkeit nach und nach ein guter Richter zu werden, und bis ich der seyn würde, wenigstens durch meine Stimme nicht zu schaden".

Persönliche Bedenken brachte er gegen die Annahme der ihm angebotenen Sicherheitsbeamtenstelle vor, da ihm die Arbeit der gerichtlichen Polizei „seiner Meinung" zuwider sei, und die Ausübung dieser Tätigkeit in einer so „volkreichen Stadt" wie Brüssel, für einen Fremden viel zu gefährlich wäre. Damit endete das Gespräch, und Senator *Lambrechts* kehrte ihm den Rücken zu.

1801 - am Appellationsgericht in Brüssel und das Attentat auf *Napoleon Bonaparte*: „Das Zerplatzen verursachte einen schrecklichen Knall, welchen man Anfangs für einen Kanonenschuß, als den Andeuter irgend eines glücklichen oder frohen Ereignisses hielt"

Am 8. Februar 1801 (10. *Pluviose* IX.) erfolgte dann ein Konsulars = Beschluß, nachdem ein Richter, welcher die Stelle eines *Deputierten* am gesetzgebenden Korps annimmt, für die Dauer der *Deputation* am Gericht ersetzt werden muß, und dieser Ersatz an Stelle des abgeordneten Amtsträgers, während dieser Zeit des Interims, auch dessen Gehalt bezieht, und so wurde er am 16. Februar zum provisorischen Appellationsrichter in Brüssel ernannt, und das obwohl Senator *Lambrechts* sich weiterhin die größte Mühe gab, die Installation in dieses Amt zu vereiteln, es sich jedoch, ungeachtet dessen, später zeigen wird, wie er ihm zu einer *definitiven* (festen) Anstellung auf diesem Posten bei Gericht verhelfen wird. Birnbaum machte sich nun daran Paris zu verlassen, um nach Luxemburg zu seiner Familie zurück zu kehren.

Während seines Aufenthaltes in Paris ereignete sich der (natürlich mißglückte) Mordanschlag gegen *Napoleon*

Bonaparte, von dem in ganz Europa berichtet wurde, er ihn aber auch nicht mit Stillschweigen übergehen wolle, da dieser Vorfall durchaus auch Konsequenzen für ihn hätte haben können (s.u.). „Es ist die Geschichte der sogenannten Höllenmaschine, wodurch *Napoleon* aus der Welt geschickt werden sollte" (solche „Höllenmaschinen" kamen im 19. Jahrhundert in „Mode"). Geplant war abends, am 24. Dezember 1800 (Birnbaum setzt das Datum des geplanten Attentates auf den 26.12. 1800 [3. *Nivose* IX]), wenn sich *Napoleon* durch die enge Gasse, der *Rue Nicaise*, in die Oper fahren ließ, den Anschlag auszuführen. Die Bombe war ein Karren, der ein mit Pulver, Eisen und Blei gefülltes Fass („Fässchen") geladen hatte, mit einem Draht verbunden, welcher durch den heftigen, und von einem schnell vorbei fahrenden Wagen ausgehenden Schlag, den Zünder auslösen, das Fass zur Explosion bringen, und dadurch *Napoleon* zum Antritt der ihm zugedachten Reise „bewegen" sollte. Urheber waren 3 *Royalisten*: *Joseph Picot de Limoëlan, Pierre Robinault de Saint Régeant* und *François-Joseph Carbon*, verdächtigt und verfolgt wurden jedoch zunächst die Jakobiner, von denen man auch vier hinrichtete, bis man endlich die wahren Täter (s.o.) gefunden hatte. Doch die Höllenmaschine war fehlerhaft berechnet, die Explosion erfolgte zwar, aber erst als der Wagen mit *Napoleon* schon so weit entfernt war, als dass er hätte Schaden nehmen können, denn „die Zerstörung traf nur die nahestehenden Gebäude". Bei dem Anschlag starben 22 Unbeteiligte, über 100 wurden verletzt und 46 Häuser zerstört oder unbewohnbar. Das Detonationsgeräusch war ähnlich einem Kanonenschuß, weshalb es für einige den Schluß zuließ, daß er, wie zu jener Zeit üblich, ein frohes Ereignis ankündigte und man daher noch auf andere Schüsse wartete. Als aber die wahre Ursache des Knalls bekannt wurde, trat an die Stelle der erwarteten, frohen Nachricht, sofort Furcht und Bestürzung. Natürlich hatte das Verbrechen umgehend die Aufmerksamkeit der Polizei erregt, die unverzüglich alle Hebel in Bewegung setzte, um die Verhaftung der Verbrecher schnellstmöglich zu erreichen. Die Untersuchung der Verschwörung durch diese erfolgte auch so zügig und geheim, „daß ihnen die Schuldigen nicht entgiengen. Sie wurden ergriffen, und am 6. April 1801 (16. *Germinal* IX.) hingerichtet" (mit dem Ergebnis, daß man diesmal auch wirklich die richtigen Täter ermittelt hatte). Allein, Birnbaum hätte anhand einer dieser polizeilichen Operationen leicht eine gewisse Zeit im Gefängnis verbringen können, denn ein Fehler, den ein Fremder in Paris tunlichst vermeiden sollte, schon gar nicht in einer solch kritischen Phase, war ihm unterlaufen: „ich war in das *Theatre francaise* gegangen und hatte keine Papiere zu mir gesteckt, wodurch ich mich auf der Stelle hätte legitmiren können", wäre er denn in die Situation gekommen, daß man ihn angehalten hätte, da an jenem Abend alle Schauspielhäuser von der Polizei umstellt und dabei viele Personen verhaftet wurden.

Beim verlassen des Theaters habe er zwar „geheime Bewegungen" bemerkt, war aber unbekümmert weiter gegangen und kam zum Glück, ohne auch nur von jemandem angesprochen zu werden, bei seinem Gastgeber, Herrn *Legier* an. Dieser wunderte sich allerdings sehr, als er ihm am nächsten Tag den Vorgang schilderte, und über die unbehelligte Ankunft berichtete, denn „bekannter Maßen haben die Pariser Polizey = Agenten (als deren Chef der vorher schon erwähnte *Fouché* agierte) feine Nasen und Ohren" und wenn sie ihm den Deutschen auch nicht unbedingt angesehen hätten, wäre er doch durch seinen Dialekt aufgefallen. Aber an jenem Morgen des Gesprächs mit *Legier*, mussten sich alle Fremden persönlich bei der Polizei melden und ihre Papiere vorlegen, und so wurde auch er hinbestellt. „Es war eine unglaubliche Menge Menschen in dem Hofe versammelt, und der Aufenthalt unter dem freyen Himmel wollte mir gar nicht gefallen, denn es regnete und schneiete ohne aufzuhören, und die Gesellschaft war eben nicht die schönste". Aus dem Hof zu entkommen war unmöglich, da das Tor mit Wachen besetzt war, an den Eintritt ins Haus ebenfalls nicht zu denken, da der Eingang, gleich dem Tor, mit Soldaten besetzt war, die den Andrang der Menschen kanalisierten, und immer nur wenige Personen einließen. Wer sich ausgewiesen hatte („legitimirte") wurde durch einen anderen Gang ins Freie entlassen, wer sich nicht ausweisen konnte, in Verwahrung genommen. Dies alles fand, mit einer für ihn unglaublichen Höflichkeit und Geschwindigkeit statt, und noch dazu vollkommen geräuschlos. Endlich war die Reihe auch an ihm und er wurde innerhalb einer Minute mit der Entschuldigung für die Mühe, die man ihm bei dem vorherrschenden schlechten Wetter verursacht hatte, entlassen. „Für manchen Beamten in andern Ländern möchte Paris keine üble Schule seyn, was die Behandlung der Leute betrifft; denn Leutseligkeit ziert Beamte, und es giebt nichts Erbärmlicheres, als kleine Despötchen von Amtleuten, welche in hochfahrendes, gebieterisches Wesen ihre Würde setzen, und sich noch gar brüsten, wenn sie ihre Bauern prügeln, oder sich das Wild auf der Jagd von ihnen auftreiben lassen".

Auf der Rückreise von Paris nach Luxemburg geriet er in der Stadt Metz, dem Departement *Moselle* zugehörig, „an der Wirthstafel" noch in eine, wie er schreibt, „unangenehme Situation". Unter den vielen Fremden aus dem Bürger- und Militärstand war auch ein Dragoner Leutnant, welcher mit der Besichtigung von Pferden, die das Department zu liefern hatte, beauftragt war. Dieser war auf Anzeige Birnbaums „wegen verübter Erpressung an den Bauern und Betruges an dem Staate, vor eine Militär = Kommission gebracht, des Vergehens schuldig erklärt, und von der Regierung noch dazu seiner Stelle entsetzt" (entlassen) worden. Da ihn der ehemalige Leutnant erkannte, und dem Glauben verfallen war, Birnbaum wäre, wie er, immer noch abgesetzt, und er ihn daher ungestraft beleidigen und beschimpfen könnte, fing er bei seinen Tischnachbarn an, über ihn zu spötteln und „trieb endlich die Unverschämtheit so weit, ihn höhnisch zu fragen, wie ihm denn jetzt zu Mute wäre, und wie ihm das zufällige und unvermutete Zusammentreffen gefalle?" Die ganze Tafel betrachtete ihn bei dieser, für sie als nicht Informierte, seltsamen Frage mit „großen Augen, und mochte Wunder glauben, was ich mir hätte zu Schulden kommen lassen, als er mit bedeutendem Tone hinzu fügte: Der Herr da war Präfekt in Luxemburg, und ist abgesetzt worden". Diese, demütigend hervorgebrachte Äußerung, konnte er natürlich nicht unerwidert lassen, woraufhin er zur Richtigstellung der Anschuldigung seine Brieftasche öffnete, sein Ernennungsdekret als Appellationsrichter hervorzog und bedeutsam sprach: „Wenn einem von uns beyden unser Zusammentreffen hier nicht angenehm seyn kann, so bin ich es nicht; denn ich habe mich keiner schlechten Handlung zu schämen, sonst würde mich der erste Konsul nicht wieder zu einer so ehrenvollen Stelle ernannt haben. Ob der Herr da, welcher einer Ursache wegen, die ihm wohl bekannt ist, von einer Militär = Kommission verurtheilt wurde, und seine Stelle als Oberst = Lieutenant verlor, auch wieder diese noch eine andere Anstellung erhalten habe, mag er nun ebenfalls beweisen". Die Wirkung seiner Worte war sofort auf den Gesichtern der anderen Gäste zu bemerken, der Ausdruck der Verachtung für den „frechen Spötter". Birnbaum tat jedoch gut daran, sich so schnell wie möglich von der Tafel zu entfernen und zu seinem Wagen zu eilen, denn der Oberstleutnant und einige Soldaten, die der Gesinnung des Leutnants näher standen, und es nicht unbedingt für eine Sünde hielten, „den Staat zu betrügen und die Bauern zu schröpfen", schienen nicht wenig Neigung zu zeigen, ihn für seine „Freymüthigkeit" bezahlen zu lassen, und er war heilfroh, als er endlich wieder unversehrt in der Kutsche saß.

Bei seiner Ankunft in Luxemburg traf er seine Frau schwer erkrankt an und mußte aus diesem Grund die Abreise nach Brüssel verschieben. Zur Erlangung der Reisekosten, die nicht von der Regierung übernommen wurden, beabsichtigten sie, zur Beschaffung der Mittel, die entbehrlichsten Dinge zu verkaufen, aber da durch diesen Schritt noch immer keine kostendeckende Summe erreicht wurde, entschlossen sie sich, die unentbehrlichen ebenfalls zu veräussern, sodaß ihnen am Ende nur noch ihre Kleidung und die Bettwäsche verblieb. Montag, den

16. März 1801 (25. *Ventose* IX.) reisten sie mit dem Postwagen ab [13]), und der Schwiegervater, mittlerweile in Luxemburg angekommen, wollte nun doch bei ihnen bleiben („ihr Schicksal mit ihnen teilen"), anstatt sie wieder zu verlassen, und machte die Reise mit. Die Krankheit seiner Frau hielt über die ganze Reise an, als sie endlich am Freitag, 20. März 1801 (20. *Ventose* IX) im Gasthof „zur Kaiserinn" bei Herrn *D'aubremé* abstiegen. *Mademoiselle Pescator* aus Luxemburg, Freundin der Familie Birnbaum und spätere Patin der jüngsten Tochter, hatte sie an den Buchhändler *Lefranq* verwiesen, „welcher uns mit vieler Freundlichkeit und Theilnahme empfieng, und uns während unseres ganzen Aufenthaltes in Brüssel mit Gefälligkeiten bezeugte". Am 22. März (1. *Germinal*) wurde er in seiner Stellung eingewiesen („installirt"). Während der Reise nach Brüssel passierte ihnen in der Stadt *Namur* (Belgien), in der Poststation („dem Posthaus") bei Herrn *Breard*, in der sie übernachteten, noch ein „sonderbarer" Zufall. „Bey meinem Aussteigen wurde der Herr, welcher zu unserem Empfange aus dem Hause gekommen war, bey meinem Anblicke leichenblaß und eilte in das Haus zurück".

Der Postmeister der Station klärte ihn anschließend über das seltsame Verhalten des „Herrn", bei dem es sich um seinen Bruder handelte, auf, da er dieses Zusammentreffen bewußt so arrangiert hatte, denn *Breard* kannte Birnbaum aus seiner Zeit von Luxemburg, hatte mit ihm dort auch einige Gespräche geführt, und schon damals war ihm die Ähnlichkeit zwischen ihm und seinem verstorbenen Vater aufgefallen. Da er über den Tag der Ankunft unterrichtet war, wollte er wissen, ob sein Anblick die gleiche Wirkung auf seinen Bruder hätte, wie auf ihn, und schickte diesen deswegen zum Empfang in den Hof, mit dem bekannten Ergebnis. Doch ebenso täuschend war die Ähnlichkeit zwischen einem der Kinder des Postmeisters, einem Mädchen, und seiner ungefähr gleichaltrigen Tochter Rose, was die Magd dazu brachte, aufgrund der Verwechslung das Kind der Postmeisterfamilie für etwas zu schimpfen, was es nicht getan hatte, und selbst die Frau Postmeisterin konnte ihr dies nicht mehr übel nehmen, als ihr die Magd das Kind der Familie Birnbaum vorstellte.

Nun waren jedoch die ersten sechs Monate in Brüssel sehr leidvoll, und „der Gram würde mich sicher aufgezehrt und zu Grabe gebracht haben", hätte sich der Zustand über längere Zeit nicht verändert. Die Kollegen behandelten ihn gleichgültig, ja sogar schon an Verachtung grenzend. In Beratungen, im besonderen wenn es auf römische Gesetze ankam, fühlte er seine Unwissenheit („Nullität"), und wußte aus Verwirrung und Scham oft nicht, wie er diese verbergen könnte. Erst jetzt sah er ein, daß der gesunde Menschenverstand das Wissen eines

Richters nicht ersetzen kann, und „wie übel ich gethan hatte, dem Rathe meines Freundes Böll nicht zu folgen, und Latein zu lernen". Als Konsequenz darauf kam er zu dem Entschluß dies nachzuholen, wieder sein eigener Lehrer zu werden, „es koste was es wolle". Zum Glück, schreibt er, war sein Schulwissen aus der Anfangszeit noch nicht gänzlich verschwunden („verwischt"). Doch unter Zuhilfenahme eines lateinischen Grammatikbuches und eines Lexikons brachte er es schnell zu leichten Übersetzungen vom Lateinischen ins Französische und Deutsche, und als er merkliche Fortschritte erreicht hatte, versuchte er den Unterricht in der lateinischen Sprache mit dem im römischen Recht zu verbinden, indem er die Regelwerke („Institutionen") übersetzte und seine Übersetzungen anschließend mit denen des französischen Juristen *Ferriere* verglich (*Arnaud du Ferrier*, *1508, †1585) um zu überprüfen, ob diese grammatikalisch einen Sinn ergaben. Die Schriften *Ferrier's* und Höpfners Kommentar (Professor Ludwig Julius Friedrich Höpfner, *1743, †1797, „Theoretisch-practischer Commentar über die Heineccischen Institutionen ..."), dienten ihm zum „Professor", und nur durch dieses „unsägliche" Bestreben hatte er es in eineinhalb Jahren schon so weit gebracht, daß er das Ansehen eines guten Richters genoß. Und das Brüsseler Büro „war mit vielen ausgezeichneten Advokaten, und das Appellationsgericht mit meist ausgezeichneten Rechtsgelehrten besetzt, so daß die mündlichen Vorträge jener und die Diskussionen dieser eine treffliche Schule für mich waren". Mit seinem höflichen und gefälligen Verhalten gegenüber seinen Kollegen überwand er nach und nach die ihm entgegengebrachte, anfängliche Gleichgültigkeit bei diesen, und erwarb sich ihre Gunst, somit endete die Leidenszeit für ihn, und die Freude am Leben kehrte langsam wieder zurück.

Er beschreibt die Belgier im allgemeinen als stolz, kalt und verschlossen gegenüber Fremden, aber gelingt es jemandem, ihre Neigung zu gewinnen, „so sind sie dagegen beständig in der Freundschaft, uneigennützig und der edelsten Aufopferung" fähig. Und eben jener Senator *Lambrechts*, der ihn so kalt und unfreundlich in seinem Pariser Büro abgefertigt hatte, wurde „nicht so bald unterrichtet, daß man mit mir zufrieden war, als er mich auch seiner Achtung und seines Wohlwollens versichern ließ" und ihm die Unterstützung zur Erlangung jener definitiven (festen) Stelle daraufhin zukommen ließ, die er ihm dann sogar aus freien Stücken versprach. Das Appellationsgericht selbst schlug ihn ebenso einstimmig dazu vor, als die Regierung einen Appellationsrichter ersetzen wollte, „welcher sich nicht in Zeiten hatte installiren lassen", doch bekam er die Stelle nur deshalb nicht, da dieser Richter auf eigene Bitte hin wieder beibehalten, also nicht ersetzt werden wollte. Herr *Beyts*, Gouvernements = Kommissär des Appellationsgerichts, und späterer Präsident dieser Einrichtung, ebenso Inspektor dreier Rechtsschulen sowie Kanzler der dritten Kohorte der Ehrenlegion, schenkte ihm sein Zutrauen und seine Freundschaft in solch hohem Maße, daß er ihm während einer Ferienreise die Führung des Gerichtes übertrug, obwohl seine Stellvertreter (*Substituten*) anwesend waren. Alle Erwartungen aber übertraf Herr *Van Custem*, dessen Stelle er in Brüssel provisorisch versah, und der ihm das Versprechen gab, daß er ihm die Besoldung bis zur Erlangung einer anderen Richterstelle am Gericht weiterhin überlassen würde, sollte der Fall eintreten, daß er, früher als Birnbaum, eine definitive Anstellung bekäme, in Verbindung mit dem Austritt aus der temporären Stelle beim Korps und der Wiederaufnahme der Richterstelle beim Appellationsgericht, aber ebenso großzügig war die Bereitschaft, über dieses Versprechen, vor Notar und Zeugen, einen urkundlichen Nachweis ausstellen zu lassen. *Van Custem*, zwar unverheiratet aber nicht begütert, so war er doch von Natur aus durch einen uneigennützigen Großmut geprägt, denn, wo findet man selbst Reiche mit einer solchen Einstellung? Aber, nicht nur imstande „der Freundschaft Geldaufopferungen zu bringen", so scheute er auch das Mißfallen *Napoleons* nicht, als es auf die Sicherung seiner (Birnbaums) Existenz ankam, denn *Van Custem* wagte es als einziger, sich für ihn einzusetzen, wie weiter unten berichtet werden soll.

Aber, trotz all dieser Freundschaftsbezeugungen und der Hoffnung auf eine feste Anstellung als Richter, konnte es ihm in Brüssel nicht gefallen, denn er gab in der reichen Stadt mit seinen 3600 Franken (1680 Gulden) Gehalt „eine gar ärmliche Figur", und dementsprechend groß war die Sehnsucht, wieder in die Rheingegend zurück zu kehren. Dieser Wunsch könnte in Erfüllung gehen, wenn ihm das Glück anheimfiel, eine Richterstelle am Appellationsgericht in Trier zu erhalten, welches im Januar 1803 errichtet wurde. Also wandte er sich an Konsul *Cambacérès* und Justizminister *Abrial* mit dieser Bitte, und wurde von Minister *Abrial* auch vorgeschlagen, aber der Zufall wollte es, daß das Vorhaben vereitelt, und seine Hoffnung damit wieder zunichte gemacht wurde. Denn, ohne die Ernennungs = Dekrete der Gerichtsglieder unterschrieben zu haben, reiste *Napoleon* an die Seeküsten, „und da dem zweiten Konsul die Unterschrift zukam, wenn der erste über 10 Tage abwesend war, *Napoleon* aber wirklich länger ausblieb, so unterschrieb *Cambacérès* das Dekret, und ich war somit ernannt". Jedoch *Napoleon*, noch vor der Ausfertigung der Diplome wieder in Paris angekommen, scherte sich wenig um die Verfassung (*Konstitution*) von 1799 und seinen zweiten Konsul, denn er strich einfach die Namen die ihm nicht gefielen, unter anderem auch den seinen, und die Richterstelle rückte für ihn erst einmal wieder in weite Ferne.

Nach der *Installation* (Einrichtung) des Trierer Appellationsgerichtes bekam er jedoch bald darauf einen Brief, in dem stand, daß zwei der Richter die Stellen ausgeschlagen hätten, „und mit Zittern ergriff ich die Feder, und setzte ein Gesuch um eine derselben auf". Aber nach allem was vorgefallen war, hatte er wenig Hoffnung, auch da inzwischen *Abrial* als Minister abgetreten war (14. September 1802), und das Amt des Justizministers durch Herrn *Claude Ambroise Regnier, duc de Massa*, dem er völlig unbekannt war, wieder besetzt wurde (Klaudius Anton *Regnier*, *1746, †1814, Advokat, Deputierter von *Nancy*, Justizminister von 1802 bis 1813, mit dem Unterschied daß er bis 1804 als Leiter der beiden Ministerien Justiz und Polizei, danach nur noch als Großrichter Justiz = Minister fungierte, da *Fouché* in diesem Jahr erneut Polizeiminister wurde und diesen Posten bis 1810 besetzte. Grund für die erneute Vergabe des Ministerpostens an *Fouché* war, daß sich seine Nachfolger in diesem Amt als eher ungeschickt erwiesen hatten und *Napoleon*, nach seiner Selbstkrönung 1804 in *Notre-Dame de Paris*, wieder einen fähigen Polizeiminister brauchte, 1810 fiel *Joseph Fouché*, der Herzog von Otranto, dann bei *Bonaparte* in Ungnade, da er sich ihm wegen den nicht enden wollenden Eroberungskriegen widersetzte, und wurde abgesetzt. Durch Fürsprache *Elisa Bonapartes*, *Napoleons* ältester Schwester, durfte er 1811 wieder nach Paris zurückkehren und erhielt 1813 den Posten als Generalgouverneur der Illyrischen Provinzen in Laibach [*Ljubljana*, Slowenien], obwohl er nicht mehr das Vertrauen des Kaisers besaß und dessen damalige Bedenken durchaus gerechtfertigt waren, denn *Fouché* verhielt sich selbst nach der Einsetzung weiterhin konspirativ gegen *Napoleon*). Aber mit der Richterstelle in Trier und der Rückkehr in die Rheingegend war Johannes Birnbaum noch nicht weiter, denn es wagten „in der That", weder Konsul *Cambacérès* noch der neue Minister, *Regnier*, ihn *Napoleon* noch einmal zum Vorschlag zu bringen, „nur der wackere *Van Custem* hatte den Muth, mir das Wort bey ihm zu reden". Dieser verlangte eine Audienz bei *Napoleon*, und sprach so überzeugend zu seinem Vorteil, daß *Bonaparte* erklärte, nun von seiner (Birnbaums) „Würdigkeit" überzeugt zu sein, und ihm versicherte, sofort am nächsten Tag das Ernennungs = Diplom auszufertigen, Herrn *Van Custem* sogar die Erlaubnis erteilte, ihn darüber zu unterrichten. Wirklich erhielt er, kurz nach der Unterrichtung durch diesen die Urkunde, welche am gleichen Tage seiner „eindringlichen" Fürsprache für ihn beim ersten Konsul, am 30. März 1803 (9. *Germinal* XI.) ausgestellt worden war. „Mein Schwiegervater vernahm die freudige Nachricht noch auf dem Sterbebett, und sie versüßte ihm den Tod". *Van Custem* blieb auch noch „in der Entfernung" sein Freund, sie führten noch lange einen vertraulichen Briefwechsel, bis *Van Custem* verstarb.

1803 – Appellationsrichter in Trier „Die Umzugskosten, welche mir wieder zur Last fielen, fraßen meine kleine Baarschaft auf"

Gleich nach Erhalt des Diploms, begannen die Aktivitäten zur Abreise mit seiner Familie, obwohl man *Napoleon* in Brüssel erwartete, und die Vorbereitungen zu einem glänzenden Empfang getroffen wurden, verließ er die Stadt noch vor dessen Ankunft. Die Umzugskosten fraßen seine geringe Barschaft erneut auf, da sie ihm wieder zur Last fielen. Die Ankunft in Trier war am Freitag, den 20. Mai 1803 (30. *Floreal* XI.), wie gewohnt „mit leerer Tasche" und großer Familie, die Installation als Appellationsrichter erfolgte am 23. Mai 1803 (3. *Prairial* XI.), und er damit wieder „in Pflichten genommen".

„Auch in Trier gieng es mir mehrere Jahre mit meinem geringen Gehalte von 3000 Franken (1400 Gulden) bey meiner starken Familie, sehr hart", bis ihm endlich die Schriftstellerei und das „Präsidium der Assisen in Maynz und Koblenz" finanziell etwas auf die Beine halfen. Anfänglich lieferte er nur Artikel für die *Decisions notables de la cour d'appel des Bruxelles* (übersetzt etwa: Wesentliche Entscheidungen des

Appellations- / Berufungsgerichtes von Brüssel), sowie für eine juristische Zeitschrift, die sein Freund Franz Georg Joseph von *Lassaulx* herausgab (*1781, †1818, *Lassaulx* war zwischen 1801 und 1803 Herausgeber der Koblenzer Zeitung, aber wegen seiner französisch - kritischen Berichterstattung verhaftet, wurde dann ab 1806 Lehrer für Zivilrecht in Koblenz und ab 1810 Dekan an der Schule für Rechtswissenschaften ebenda), sowie eine *Dissertation* (wissenschaftliche Arbeit, auch Doktorarbeit) über eine zu jener Zeit sehr kontrovers diskutierte Rechtsfrage aus der Testamentsmaterie, welche mit „viel Beifall" aufgenommen wurde. Im Jahr 1810 erfolgte eine deutsche Übersetzung des neuen Strafgesetzbuches und der Beginn als Verleger eines eigenen Journals unter dem Titel: *Jurisprudence de la cour de Tréves sur le nouveau droit et la nouvelle procédure, en matérie civil et de commerce* (in etwa: Rechtsprechung des Trierer Gerichtshofes über die Anwendung des neuen Gesetzes und Verfahrens in Zivil- und Handelsgütern), das mit Verständnis („Nachsicht") aufgenommen wurde, die Reihe sogar später, ohne sein Ansuchen oder Wissen, durch ein Dekret die kaiserliche Anerkennung und *Dispensation* (Ausnahmebewilligung) von der Zensur erhielt. Erschienen sind drei Jahrgänge und ein Heft vom vierten, da das einrücken der verbündeten Mächte im Verlauf der Befreiungskriege 1813 die weiteren Ausgaben verhinderte. Weniger Glück hatte er mit einem Projekt unter dem Titel:

„Komentar über das Juden = Dekret vom 17. März 1808, mit einer kurzen Geschichte der Juden".

Obwohl in einigen Katalogen der Zeit schon angekündigt, wurde der angefangene Druck von ihm selbst eingestellt, da die Zensur das Vorhaben so sehr verstümmelt hatte, daß er das Werk in dieser Form nicht mehr herausgeben wollte. Denn, so seine Begründung, wer das Leben des Kirchenlehrers und Heiligen, Bischof *Ambrosius* von Mailand (*339, †397), welches durch *Paulinus* von Mailand, seinem Diakon, Sekretär und Biografen vermutlich um 422 aufgezeichnet wurde, gelesen hat, weiß, daß sich in diesem ein Brief des Heiligen an Kaiser *Theodosius* I. (*11. Januar 347, †17. Januar 395) befindet, worin dieser den Kaiser wie einen „Schuljungen" behandelt („tadelt"), weil er den örtlichen Bischof, auf dessen Anstiften die Christen eine Synagoge niederbrannten, durch den Präfekten zur Wiedererbauung derselben auf eigene Kosten (der Christen) verurteilen ließ, und *Ambrosius*, nachdem er dem Kaiser „den Text (die Leviten) tüchtig gelesen und die Hölle recht heiß gemacht hat", ihn gar Vermessenheit und Hohn so weit trieben, daß er dem *Thedosius* den Vorschlag machte, eine Inschrift anbringen zu lassen, mit dem Inhalt: „Tempel der Gottlosigkeit von geraubtem Christen=Gute erbauet". *Ambrosius* bestand darauf, daß es sich um einen religiösen Konflikt zwischen dem christlichen und jüdischen Glauben handelte und, falls er die christlichen Täter bestrafe, sich somit gegen die einzig wahre Religion wenden würde. Ebenso verweigerte *Ambrosius* dem Kaiser die Kommunion, bis dieser endlich nachgab und die Täter dadurch ungesühnt davon kamen. Birnbaum hatte die ausdrucksvollsten Stellen wörtlich wiedergegeben und in einer Fußnote die Anmerkung gemacht: „Welches Glück für ein Land, wenn es einen Monarchen hat, welcher den Umfang der geistlichen Macht kennt, und sie in die Schranken zu halten weiß". Anfangs hatte er viel Mühe, sein „Manuscript wieder aus den Klauen der Censur zu reißen" und als er dasselbe wieder in Händen hielt, waren die Stellen ausgestrichen, die Anmerkung aber hatte man stehen lassen, nach seiner persönlichen Einstellung war es jedoch ein Ding der Unmöglichkeit, „Noten ohne Text" herauszugeben.

Noch während seiner Tätigkeit als Appellationsrichter in Trier ergaben sich mehrere Möglichkeiten einer Beförderung, die aber alle zunichte („zu Wasser") wurden. Die Präsidentenstelle am Kriminalgericht in Koblenz, zu der er vorgeschlagen wurde, erhielt er nicht, da ein anderer mit Genehmigung der Regierung sich verbindlich dazu bereit erklärte, einen „Theil der Besoldung an die Wittwe des verstorbenen Präsidenten abzureichen", und er sich dies bekanntermaßen finanziell nicht leisten konnte. Die

Stelle eines General = Prokurators (Verwalters, in der Justiz Interessenvertreter) am Appellationsgericht, das in Florenz errichtet wurde und für deren Erlangen die Vorschläge der ersten Präsidenten und General = Prokuratoren sämtlicher Gerichtshöfe von Frankreich Pflicht war, erging, wie vorauszusehen war, ebenfalls nicht an ihn, obwohl ihn der erste Präsident und der General = Prokurator vom Brüsseler Gericht „kräftig dazu empfohlen hatten". „Die Stelle eines Professors des *Code Napoleon* (bestehend aus den beiden Gesetzbüchern Frankreichs, dem *Code civil* 1804, dem bürgerlichen Gesetzbuch, und dem *Code pénal*, dem ab 1810 in Kraft getretenen Strafgesetzbuch) an der Universität in Göttingen", welche ihm von *Charles de Villers* (*1765, †1815) durch Johann Hugo Wyttenbach (*1767, †1848), Direktor der „Central = Schule" in Trier angetragen wurde, schlug er ebenso aus, wie er schon früher „den Ruf zu dieser Stelle an die Rechtsschule von Koblenz abgelehnt hatte", da er sich, „obgleich zu einem brauchbaren Richter, doch nicht zum Professor geschaffen fühlte". Als *Grand – Prévôt* (höchster Richter – zu deutsch Profoß), oder General = Prokurator des Prevotal = Gerichtes der Douanen in Hamburg (Maut- oder Zollgericht. Douane = Zollhaus, Douaniers = Zöllner, diese Begriffe waren bis zum Wegfall der Grenzen innerhalb der EU noch jedem Auslandsreisenden bekannt), wozu nicht nur die Vorschläge aller ersten Präsidenten und General = Prokuratoren, sondern auch die aller Präfekten des Reiches eingeholt wurden, „war ich *Napoleon* nicht anständig, wiewohl ich vom Präfekten, dem ersten Präsidenten und dem General = Prokurator von Trier", aber ebenso vom ersten Präsidenten und General = Prokurator von Brüssel „und von denen in Hamburg selbst" für die eine oder andere dieser Stellen die besten Empfehlungen erhalten hatte, „und vom Großrichter Justiz = Minister (*Claude Ambroise Régnier*) dem Kaiser wirklich als *Grand – Prévôt* vorgeschlagen worden war" und wohl niemand auch nur einen Zweifel daran hegte, daß seine Ernennung fehlen könnte. *Napoleon* aber strich seinen Namen mit der Anmerkung aus: „Birnbaum taugt nicht an diese Stelle; zu dem ist er ohne Vermögen und hat eine zahlreiche Familie".

Was die Annahme über die Tauglichkeit betrifft, so urteilt er selbst, hatte *Napoleon* zum Teil recht, da ihn vermutlich nur der finanzielle Aspekt, die Aussicht auf das höhere Gehalt, zur Annahme des Postens bewogen hätte, „denn die damit verbundenen Verrichtungen waren meinem Herzen eben so sehr zuwider" wie sie auch seinen Grundsätzen widersprachen. In einer Fußnote setzt er sich genauer mit dem Thema auseinander. „Diese Gerichte wurden durch ein Dekret *Napoleons* vom 18. Oktober 1810, zur Bestrafung der

Uebertreter der Mauthgesetze eingeführet, und sollten nur zum allgemeinen Frieden bestehen". Hauptsächlich dem Handel mit England geltend, den *Bonaparte* „vom ganzen europäischen Festlande zu verbannen bemühet", um das sogenannte Kontinental = System zur Durchführung zu bringen (Kontinentalsperre, Wirtschaftskrieg gegen England: Die Wirtschaftssperre war *Napoleons* Antwort auf die englische Seeblockade gegen die französische Küste und wurde 1806 erlassen. Die Sperre blieb bis 1814 in Kraft). In Hamburg, wo sich viel Wiederstand gegen dieses Gesetz bildete, ließ das Prevotal = Gericht einige Kaufleute hinrichten, „woraus sich der Haß gegen diese Richter leicht erklären läßt". Nur den von *Bonaparte* geäusserten Verdacht der Bestechlichkeit, die er ihm mit den Bemerkungen über fehlenden Reichtum und die starke Familie unterstellte, empfand er als „schmerzlich und beleidigend". Aber die Unzufriedenheit über den bisherigen Verlauf seiner fehlgeschlagenen Hoffnungen wich gänzlich mit den später eintretenden Freignissen, „so pries ich doch bald nachher die göttliche Vorsehung welche es besser, als *Napoleon* und ich selbst mit mir gemeint hatte. Und besonders danke ich jetzt dem Himmel, daß er meinen damahligen Wunsch nicht in Erfüllung gehen ließ", denn beim einrücken der verbündeten Heere wurden dem *Grand – Prévôt* und dem General = Prokurator des Prevotalgerichtes die Möbel (*„Meubles"*) geplündert und zerstört, und sie mußten mit ihren Familien, „die Flucht ergreifen, um ihr Leben gegen die Volkswuth zu schützen". Auch wenn er sich vielleicht weniger verhaßt gemacht hätte als diese, so wäre er doch notgedrungen der französischen Armee ins Landesinnere gefolgt, und könnte dort, wenn überhaupt, lange Zeit auf eine Wiederanstellung warten. „Unter den *Bourbonen* wäre es vollends schlecht um mich gestanden", denn, als ein Produkt der Revolution, ohne Stand (als Sohn eines Tagelöhners) und Vermögen und, was noch erschwerend hinzukam, protestantischen Glaubens, hätte er bei der Royal katholischen Führung keine Ansprüche geltend machen können, und die Deutschen, schreibt er, würden ihn mit Recht nicht vor anderen begünstigen, wenn er erst dann um eine Anstellung ersuchte, wenn in Frankreich für ihn nichts mehr zu erwarten, „zu hoffen war".

Als die Umwandlung des Appellationshofes in einen *Cour impériale* (kaiserlichen Gerichtshof) kam, nahm er die Gelegenheit wahr, und bewarb sich um eine Stelle als General = Advokat in der größten Hoffnung, „da ein sehr vertrauter Freund des Großrichters Justiz = Ministers" ihn in seinen Schutz genommen hatte. Aber auch dies schlug fehl, da es dem Staatsrat *Philipp-Antoine Merlin de Douai* gelang, „die Stelle einem seiner Vettern zuzuwenden" (*Merlin de Douai:* *1754,

†1838, von November 1795 bis Januar '96 Justizminister, anschließend von Januar bis April 1796 Polizeiminister, danach bis April 1797 wieder Justizminister, im Jahr 1800 als Stellvertreter des Regierungs - Kommissars am Kassationsgericht und ab 1801 dessen Generalstaatsanwalt, 1811 wurde er von *Napoleon* zum Staatsrat „auf Lebenszeit" ernannt, 1815 von den *Bourbonen* verbannt, er flüchtete vor der Verbannung in die Niederlande und kehrte 1830, anschließand an die Julirevolution, nach Paris, unter dem Bürgerkönig Louis-Philippe I., zurück, es erfolgte die Wiederaufnahme in die *Académie française*, der französischen Gelehrtengesellschaft, in die er bereits 1803 gewählt worden war). Birnbaum war und blieb Rat, mit dem Unterschied, daß er bisher eine lebenslange und, von nun an, nur eine provisorische Anstellung auf fünf Jahre innehatte, da jetzt, ohne Ausnahme, alle Ernennungen nur noch auf diese Zeit ausgesprochen wurden. Wer seine provisorische Ernennung „durch ein würdiges Betragen gerechtfertigt haben würde" sollte anschließend ein Ernennungs = Diplom erhalten, jedoch ausschließlich in Verbindung mit dem Versprechen, anstelle einer erhofften Gehaltserhöhung, würdige Räte nach ihrem Tod malen, und diese Bilder „anderen zur Nacheiferung", in der Ratskammer ausstellen zu lassen. Aber die Angst, nach fünf Jahren ihre Stelle, und damit ihre Existenz zu verlieren, machte aus den Menschen „gefällige Leute", und vielfach vernahm er die Worte: „Aber bedenken sie doch, daß es sich um

ein Interesse der Regierung handelt", und einmal mußte er sogar mitansehen, daß man „aus Furcht, zu mißfallen, für den Tod von Unschuldigen stimmte", wie die Schilderung folgenden Vorfalls bezeugen soll:

Ein Schneider- und ein Leinwebergeselle, die vor der Einführung der französischen Regierung, vom damals noch Kurfürstlichen Trier als Söldner nach England, in fremde Kriegsdienste gezogen waren, aber erst nach einem von der neuen Staatsgewalt gesetzten Datum, aus diesen wieder zurückkehrten, und obwohl auch nur aus ihren „eigenen" Angaben heraus bekannt wurde, daß sie in englischen (also feindlichen) Diensten gestanden hatten, wurden die beiden vor ein Spezialgericht gestellt, und von der Staatsbehörde das Todesurteil eingefordert. Sie beteuerten, in England nie etwas von der Aufforderung zur Rückkehr erfahren zu haben, auch konnte das Gegenteil nicht bewiesen werden, aber selbst wenn doch, hätten die beiden die englische Armee wohl nicht vor Ablauf der Dienstzeit verlassen können, da *Desertion* (Fahnenflucht) unweigerlich mit dem Tod durch den Strang geahndet wurde, wenn man sie wieder eingefangen hätte. Trotz allem stimmten die zwei Richter für das Todesurteil, um, wie sie sich später rechtfertigten, durch „eigene Freysprechung, dem Kaiser die schöne Gelegenheit der Begnadigung nicht zu entreißen", und die Todesstrafe wäre sicher auch verhängt worden, hätten sich die Militär = Mitglieder des Spezialgerichtes nicht auf die andere Seite, „der gewissenhaften und festen Seite der Civilrichter geschlagen". Über die wahrheitsgemäße Erzählung verbürgt sich Birnbaum, da er zu jener Zeit Präsident dieses Spezialgerichtes war.

Am 25. April 1811 wurde der kaiserliche Gerichtshof (*Cour impériale*) durch einen Kommissär, einem für diesen Zweck eigens aus Paris geschickten Senator, feierlich installiert, und gleich darauf erfolgte auch die Installation der Bezirksgerichte durch Kommissarien aus der Mitte des kaiserlichen Gerichtshofes. Durch einen Beschluß dieses Gerichtshofes vom 27. April wurde er als Kommissär zur Einsetzung der Bezirksgerichte Saarbrücken, Zweibrücken, Speyer und Kaiserslautern ernannt. Während dieser Reise sah und sprach er auch seine Mutter zum letzten Mal, sie starb im Januar 1814, vor Kummer und Entkräftung, wie er schreibt, im Alter von 78 Jahren, gleich nachdem die russischen Truppen im Zuge der Befreiungskriege einrückten, und dem Rückzug *Napoleons* (nach der Niederlage in der Leipziger Völkerschlacht). Ihr Tod aber, wäre so unvermutet als sanft gewesen, denn abends hätte „sie sich noch gesund ins Bette gelegt, und eine halbe Stunde vor ihrem Hinscheiden wollte sie noch zum Frühstücke aufstehen".

1813 - ein Alptraum in Mainz: „Ich kann nicht bergen, daß mich der sonderbare Traum doch in keine kleine Unruhe versetzte..."

„Die Jahre 1811, 1812 und 1813 enthalten wenig Merkwürdiges in meiner Geschichte" beschreibt er den weiteren Verlauf. Einträchtig lebte er mit seiner Familie in der Trierer Vorstadt, nahe bei der barocken Stiftskirche St. Paulin (St. Paulus), ging seinen Amtsgeschäften nach, beschäftigte sich mit seinem Journal oder verbrachte im Frühling und Sommer die freien Stunden zur Erholung und seinem Vergnügen mit der Pflege seines kleinen Gärtchens und seiner Blumen. Im Jahre 1813 ereignete sich jedoch ein Vorfall, den er „nicht mit Stillschweigen übergehen will", da die Erzählung desselben als Bestätigung dienen soll, was schon von mehr als 1800 Jahren ein berühmter heidnischer Dichter von der Bedeutung der Träume berichtet hat („Grundlose Träume treiben in täuschender Nacht ihr Spiel, und jagen ängstlichen eitele Furcht ein - *Somnia fallaci ludunt temeria nocte, Et pavidas mentes Falsa timere jubent. Tib. Lib. III. Ele. IV.*") und welches dazu geeignet sein könnte, den Irrglauben an dieselben gänzlich auszulöschen. Ende Mai reiste er zum Assisengericht (*Cours d'assises*, Kriminalgericht) nach Mainz. Ermüdet von der Reise, legte er sich gleich „nach den Empfangs = Komplimenten" ins Bett und schlief ruhig ein. „Plötzlich trat ein bekannter Mann herein, näherte sich mir und blieb mit bedeutender Miene vor mir stehen. Seyd ihr nicht Thomas Fath von Queichheim, der vor kurzem gestorben ist?" fragte er, und fügte noch an, was er ihm denn zu sagen habe ? (laut Kreis = Anzeiger von Landau, den 12ten September 1816, Reg. Nro. 4265., Ernennung der Schöffen nach Ansicht der Vorschläge und Erhalt der Vollmacht. 1815 wurde u.a. der verstorbene Schöffe Thomas Fath durch Jakob Fath, ebenfalls Queichheim, ersetzt). Dieser Thomas Fath, einer seiner besten Freunde und ein äusserst rechtschaffener und aufrichtiger Mann, wie er bekräftigt, Fath war sein erster Beisitzer am Friedensgericht und folgte ihm im Amt nach, als Birnbaum nach Straßburg ging. Zuerst bejahte der Angesprochene daß er derjenige sei, und daß er nur gekommen wäre, um ihm mitzuteilen, daß er sterben müsse. Das wisse er auch ohne ihn, erwiederte Birnbaum, „aber Freund, wann werde ich sterben ?". „Bis Dienstag über acht Tage den 8. Juny" war die Antwort, und gleich darauf verschwand Fath. Ängstlich griff er nach dem Kalender, und Dienstag über acht Tage war der 8. Juni. Erst jetzt erwachte er, und bemerkte, daß es nur ein Traum war, jedoch der Traumkalender hatte ihn nicht getäuscht, jener 8. Juni war wirklich an diesem Tag. „Ich kann nicht bergen, daß mich der sonderbare Traum in keine kleine Unruhe versetzte", und daß er in den Assise = Sitzungen „oft auf dem Punkte stund", den Faden seiner Rede verlor, wenn er sich an diesen

Traum erinnerte, und dass alles bestreben, diesen zu vergessen, wenn überhaupt, nur von kurzer Dauer waren.

Die Möglichkeit, daß das geträumte eintreffen könnte, ließ ihn denselben dem damaligen Präfekturrat und späterem großherzoglich hessischen Regierungsrat August Moßdorf (*1753, †1843, ab 1829 im Ruhestand) sowie dem damaligen Richter in Mainz und späterem Präsidenten des Kaiserslauterer Bezirksgerichtes, Herrn Retzer mitteilen (1802 wird ein Retzer als Regierungskommissar von Kaiserslautern erwähnt [Udo Fleck, in: Diebe – Räuber – Mörder]), die ihn daraufhin auslachten, „aber doch eine gewisse Verwunderung nicht verbergen konnten". Vermutlich fürchteten sie sich mehr vor seiner Angst, „als vorm Traume selbst", da es einige Beispiele gegeben haben soll, wo manch einer wirklich vor Schrecken gestorben sei, und es „in der That" einen starken, eigenen Willen braucht, um sich nicht von seiner Furcht überwältigen zu lassen.

Um ihm soviel Zerstreuung wie möglich zu geben, besuchte ihn Richter Retzer jeden Tag nach den Assisesitzungen, und ging mit ihm in der Umgebung der Stadt spazieren. Birnbaum hatte schon des öfteren den Wunsch geäussert, die Überreste der römischen *Aquädukte* (Wasserleitungen) und Grabsteine bei Zahlbach (wurde im 19.

Jahrhundert bei Mainz-Bretzenheim und Mainz-Oberstadt eingemeindet) zu sehen, aber immer wieder verschob er diese Wanderung auf den nächsten Tag. Als Birnbaum ihn an „einem äusserst schönen Nachmmittage" erneut darum bat, die antiken Stätten zu besuchen, und dieser wiederum einen anderen Tag dazu vorschlug, konnte er sein Unverständnis über den abermahligen Aufschub nicht mehr verbergen, worauf Herr Retzer, mit sichtbarem Unbehagen, „seiner Zudringlichkeit" nachgab. Daß Retzer jedoch gute Gründe zur Verzögerung hatte, konnte er nicht einmal erahnen, und dieser konnte oder wollte ihm die Ursache seines Verhaltens, allem Anschein nach, nicht offenlegen. Jedoch, kaum an Ort und Stelle angekommen, wurde ihm die Ursache des Zögerns klar, und er hätte selbst liebend gern den Wunsch zurück genommen, und „die Befriedigung seiner Neugierde" auf später, „eine andre Zeit verschoben", wäre es dazu nicht schon zu spät gewesen. Grund dafür war, der in der Nähe der römischen Altertümer liegende „Maynzer Gottes = Acker", des städtischen Aureus Friedhofs, der auf Zahlbacher Gelände lag (wegen dieses Friedhofes und der Expansion, der Ausdehnung der Stadtgrenzen von Mainz, wurde Zahlbach 1805 eingemeindet, um die Ausweitung der Stadtgrenze bis nach Bretzenheim zu erreichen. Der Originaltext der Mainzer Zeitung vom 26. August, [8. *Fructidor*] 1805 zu diesem Vorgang: „Durch ein kaiserliches Dekret vom 3. *Prärial* [23. Mai] sind die Grenzen zwischen der Stadt Mainz und der Gemeinde

Bretzenheim auf eine Art bestimmt worden, dass Zahlbach mit seinem Gebiete in der Zukunft zu Mainz gehört."), und diesen Anblick wollte ihm der Freund vor Ablauf des 8. Juni ersparen. Und wirklich, wurde ihm „unheimlich und enge um das Herz" bei dem Gedanken, daß er in einigen Tagen selbst da liegen könnte, ginge denn der Traum in Erfüllung, versuchte aber, den Eindruck, den der Friedhof auf ihn machte, so gut wie möglich zu verbergen, und ließ sich sogar vom Freund einigemale an den heranbrechenden Abend ermahnen, ehe er das Lesen der römischen Grabinschriften einstellte, und sich zur Rückkehr in die Stadt entschloß. Der Aufenthalt unter den tausendjährigen Gräbern verursachte ihm „sonderbarer Weise", „nicht den geringsten widrigen Eindruck", während die Nachbarschaft der neuen ihn in eine „wehmütige Stimmung und bange Ahnung" versetzte, seiner Meinung nach „ein Beweiß, daß wir meistens in der Gegenwart leben, und die in langen Zwischenräumen hinter und vor uns liegende Zeit wenig auf uns wirkt".

Auf dem Rückweg versuchte Retzer, dem die nervliche Anspannung natürlich nicht entgangen war, ihn abzulenken und durch allerlei Gespräche aufzuheitern, doch wirklich gelingen sollte es ihm nicht. Erst als dieser ihm freundlich eine gute Nacht gewünscht hatte, und Birnbaum allein in seinem Zimmer war, fing er an sich zu sammeln und neuen Mut zu fassen, nahm mit gutem Appetit sein Nachtmahl zu sich, setzte sich nach dem

Essen ans Fenster, rauchte in aller Ruhe ein Pfeifchen, legte sich danach ins Bett und schlief, trotz der nahenden Stunde der Entscheidung, nach kurzer Zeit sanft ein. Als er erwachte schlug die Kirchturmglocke 3 Uhr, und obwohl er wegen des Aberglaubens und eingedenk seiner Angst im nachhinein seine Scham bekundet, dankte er doch Gott aus tiefem Herzen, daß die Gefahr gebannt war. So beschreibt er die Menschen als sich selbst „unerklärte Wesen !".

In dieser Zeit, während jenem „fatalen Traume", hatte er jeglichen Kontakt, bis auf den beruflichen Sektor, mit jedem Menschen in der Stadt gescheut, nur aus Furcht, daß er in Gesellschaft darüber sprechen könnte und durch den Aberglauben anderer noch in seiner Angst, in seiner „Schwachheit bestärkt," und dadurch „nur noch kleinmüthiger gemacht" würde, als er sich ohnehin schon fühlte. Selbst zur Familie Lautern, bei der er früher schon einige Male als Assise = Präsident gewohnt und von ihnen viele Beweise der Freundschaft empfangen hatte, war er nicht gegangen, und empfand es wohl als richtig, denn als er am Abend des 9. Juni zu der besagten Familie ging, und zur Unterhaltung der Gesellschaft nun seinen Traum erzählte, hörten ihm die „Frauenzimmer, wie dieß zu ewarten war", nicht nur gespannt und vor Angst und Schrecken klopfender Herzen zu, sondern die Frau des Hauses, wurde „nach und nach todtenblaß" und rief am Ende der Erzählung mit erstickter Stimme aus: „Ach Gott, wie froh bin ich, daß ich nichts von dem unglückseligen Traume gewußt habe; ich wäre um Angst um sie gestorben; denn eine meiner Freundinnen träumte auch, daß sie am 8. Juni desselben Jahres sterben würde, und sie starb wirklich an diesem Tage !", und alle beglückwünschten ihn, als vorm Tode bewahrten. Es folgt noch eine Anmerkung von ihm an seine Leser: „Welchen etwa die Lust anwandeln sollte, über seine (Birnbaums) Schwachheit zu lächeln, der träume ebenso, und versuche seine philosophische Stärke !", und „Ich schäme mich sogar noch einmahl, zu gestehen, daß mir der 8. Juni jetzt noch kein angenehmer ist, so oft er auf einen Dienstag fällt, ob ich mich gleich für nichts weniger als abergläubig halte. So ist unsere Phantasie im Widerspruch mit unserm Verstande. Oeffentlich lachen wir über Dinge, an welche wir innerlich glauben. Ließ sich doch der große *Napoleon* die Karten schlagen, und wahrsagen. Und fürchtet sich nicht mancher, der am Tage über Gespenster spottet, des Nachts allein zu schlafen". So der Leitsatz um das vorgefallene zu verarbeiten, doch auch aller Wahrscheinlichkeit nach als eine kleine Rechtfertigung seiner Angst zu verstehen.

Während seines Aufenthaltes in Mainz, im Juni 1813, wurde das letzte Siegesfest der Franzosen gefeiert (geht vermutlich auf die Schlacht von Friedland, im Juni 1807, mit dem anschließenden Frieden von Tilsit, von 1807, zurück, einer Zeit, in der Napoleon schon den Kaiserthron innehatte), und dabei „herrschte eine ungewöhnliche Stille und Ernsthaftigkeit", die gegen die sonstigen Siegesfeste, die angeborene Lebhaftigkeit und den gewohnten Frohsinn der Franzosen, „gewaltig abstach". An der Tafel des Herzogs von *Valmy*, General *Françoise-Etienne-Christophe de Kellermann* (*1735, †1820), ging es trotz großer Gesellschaft von Zivil- und Militärgästen, ebenfalls nicht wie bei einem Freudenmahle zu.

Die bedenklichen Mienen und düsteren Gesichter, insbesonders bei den von der Armee anwesenden Generälen und Stabsoffizieren, schienen eher Verluste als Siege anzudeuten, „auch ließ sich selbst das gemeine Volk durch das Siegesfest nicht täuschen, so sehr man die (nach Ausblick der französischen Armee, der gegnerischen Bündnisse und bis dato den, von gesundem Menschenverstand befürchteten) Niederlagen *Napoleons* zu verbergen suchte".

Der Herzog von *Valmy*, welchen er schon zu Anfang der Revolution, die Ehre hatte, in Landau kennen zu lernen, und der sich für gewöhnlich in seiner Senatorie in Mainz aufhielt, dort den Gräflich = Ochsensteinischen Palast bewohnte, „war ungemein gütig und gefällig" gegen ihn, so oft er nach Mainz kam. Bei seinem letzten Aufenthalt in der Stadt genoß er durch *Valmy* die Ehre, dem regierenden Herzog von Nassau, Friedrich August von Nassau-Usingen (*1738, †1816), mit dem dieser sehr vertraut war, vorgestellt, und an die fürstliche Tafel gebeten zu werden. *Valmy* selbst fuhr in Begleitung des Generals *Paul Grenier* (*1768, †1827), des Bischofs von Mainz, Joseph Ludwig *Colmar* (*1760, †1818, *Colmar* verhinderte 1805 den Abriss des, aufgrund eines Baugutachtens, baufälligen Speyerer Domes, da er über gute Beziehungen in *Napoleons* Umfeld verfügte, unter anderem auch zu dessen Frau, *Joséphine de Beauharnais* [*1763, †1814], und er gleichweise die Mitteilung dieses Vorhabens geschickt an die Öffentlichkeit brachte, um des Volkes Meinung zu beeinflussen. Der Dom wurde daraufhin wieder an die Katholiken mit der Verpflichtung zurückgegeben, zukünftig für die Unterhaltskosten selbst einzustehen), und ebenso des Präfekten von Mainz, *Jeanbon St. André* (*1749, †1813), mit ihm nach Biebrich an den Hof („Biberich", heute ein Ortsteil von Wiesbaden), und stellte dort angekommen Johannes Birnbaum dem Herzog und der Herzogin auf echt militärische Weise, mit der trockenen Anrede vor: „Ich habe die Ehre Euer Durchlauchten den Herrn Birnbaum, Präsidenten des Assisen = Hofes von Maynz vorzustellen: er ist ein rechtschaffener Mann, der sein Geschäft versteht (*J'ai l'honneur de présenter a vos Altesses, Monsieur Birnbaum, Président de la cour* *d'assises de Mayence: C'est un honnête homme, qui entend son métier)".*

„Der alte ehrwürdige Fürst und seine alte ehrwürdige Gemahlinn, nahmen mich mit besonderer Leutseligkeit und Güte auf, und bey der Tafel herrschte weit mehr Ungezwungenheit und Gefälligkeit in der Unterhaltung, als an dem Tische eines manchen reichen Bürgers oder Kaufmanns". Nach dem Essen unterhielt sich der Fürst allein mit ihm. Das Gespräch kam unter anderem auch auf den Krieg und *Napoleon Bonaparte*, und nie wird er die Bemerkung des Fürsten vergessen: „Napoleon hat für seinen Ruhm genug gethan; es wäre zu wünschen, daß er uns auch einmahl etwas für das Glück unserer Untherthanen thun ließe", waren die Worte, eines Fürsten würdig und aufrichtig, wie das sichtlich bewegte Herz aus dem sie gesprochen wurden, und die keinen Zweifel mehr übrig ließen.

1813 / 1814 – als Assisen = Präsident in Mainz und die Rückkehr des Krieges, die Alliierten im Frühjahrsfeldzug: „….und so bestimmte mich der Justiz=Minister zum Präsidenten der Assisen in Maynz für den Monat März 1814"

Die Befürchtungen, daß die Franzosen die rechte Rheinseite verließen und die verbündeten Heere sie bis an den Rhein verfolgten, sollten sich bald bewahrheiten, doch die flüchtende *„Grande Armée"* brachte, nach den Niederlagen bei Leipzig und Hanau 1813 einen ungebetenen, aber umso gefürchteteren Gast mit, das sogenannte Fleckfieber, oder auch Kriegspest genannt (im Falle von Mainz, *Typhus de Mayence* genannt, die Kriegspest hat aber mit der als Typhus bezeichneten Krankheit nichts zu tun, da es sich um eine rein hygienisch verursachte Epidemie durch Ungeziefer, ebenso wie die Pest, handelt und nicht durch eine Übertragung von Bakterien verbreitet wird). Eines der Opfer in Mainz war der Präfekt der Stadt, der oben schon erwähnte *Jeanbon St. André*, der sich an vorderster Front und ohne eigene Schonung, um die Organisation der Kranken- und Verwundetenpflege kümmerte. Mittlerweile war Birnbaum von *Napoleon Bonaparte*, seiner Vermutung nach auf die Rekommandation (Empfehlung) des General = Prokurators am kaiserlichen Gerichtshofes in Hamburg, seinem ehemaligen Kollegen aus Trier, Herrn Eichorn (Eichhorn), als Kammer =

Präsident für diesen Gerichtshof ernannt worden, aber aufgrund politischer Umstände wurde seine Abreise verhindert, und so bestimmte der Justizminister ihn, Birnbaum, zum Präsidenten der Assisen in Mainz für den Monat März 1814 (Eichorn war später, laut „Staats= und Gelehrte Zeitung Hamburg", 1818, Staats = Prokurator bei dem in Berlin errichteten Revisionshof). So willkommen ihm das Assisen = Präsidium in Mainz auch war, in dem er „immer viele Freundschaft genoß", so ungelegen kam ihm diese Ehre jetzt, weil er dadurch seine Familie und sich selbst der größten Gefahr ausgesetzt sah, mit der Befürchtung, daß „sie sicher darein umgekommen wären," wenn sie nicht ein sonderbarer Zufall davor bewahrt hätte.

Einem kaiserlichen Dekret vom 26. Dezember 1813 zu Grunde liegend, wurden Senatoren oder Staatsräte mit ausserordentlichen Vollmachten, unter anderem auch der Berechtigung zur Anordnung von Kriminal = Kommissionen, in die Departements gesandt und die dort ansässigen Gerichte angewiesen, sie „in all ihren Anordnungen zu unterstützen", und obwohl noch keine Ausserordentlich = Bevollmächtigten für die Departements vom Donnersberg, der Saar, sowie Rhein und Mosel ernannt worden waren, da der Justiz = Minister, *Louis-Mathieu, comte Molé*, Nachfolger von *Regnier*, wie Birnbaum vermutete, es selbst nicht mehr für ratsam hielt, entschied dann doch der kaiserliche General = Prokurator, daß die beiden nach

Koblenz und Mainz ernannten Assise = Präsidenten, im Einverständnis mit dem ersten Präsidenten, sich augenblicklich auf ihren Posten zu begeben hätten, um den ausserordentlichen Kommissär dort zu erwarten, wenn denn einer ankommen sollte, und der kaiserliche Gerichtshof war schwach genug, den Antrag am 2. Januar 1814, trotz aller Vorbehalte die seine Kollegen und er vorbrachten, zu „dekretieren" (beschließen).

Die Gefahr in der er schwebte, konnte er sich leicht ausmalen. In der Nacht vom 31. Dezember auf den 1. Januar 1814 hatten die Verbündeten Mächte den Rhein überquert, und gleich darauf ging das unheilvolle Gerücht um, daß im ganzen Land das Nervenfieber „wüthete" und Mainz davon am stärksten betroffen war. Hätte er denn auch das Glück gehabt, während der Kriegswirren von den Verbündeten nicht aufgegriffen zu werden, so war jedoch die Möglichkeit gegeben, in Mainz, infolge einer Blockade der Stadt oder der Verlagerung des Schauplatzes, dem Tode ausgesetzt zu werden, und seine Familie, von ihm getrennt, müßte „in Noth und Kummer schmachten". Zu seinem Glück war jedoch kein Geld in der Staatskasse, und die „eigene Börse zu öffnen", war dem reichen ersten Präsidenten, „bey allem Eifer doch keine Lust". Ohne Barschaft auf die Reise zu gehen, konnten ihn die Herrschaften aber nicht zwingen, und während in den nächsten zwei Tagen, bevor Geld eintraf, auch noch die glaubhafte Nachricht vom Anmarsch der Deutschen bekannt wurde, so gab man das Vorhaben zur Absendung der Assise = Präsidenten auf, und er blieb, was ihm natürlich sehr entgegen kam, zu Hause.

Die nahe Ankunft der Deutschen in Trier, welche die Bevölkerung, insbesondere unter den geborenen Franzosen, in Verwirrung und Bestürzung versetzte, sei „schwer zu beschreiben". Der erste Präsident und der General = Prokurator flüchteten in aller Eile in die nahe Festung Luxemburg, Präfekt, General = Einnehmer und andere zogen sich in das Innere Frankreichs zurück, der Rest blieb, entweder weil sie keine Möglichkeit mehr hatten, die Reise noch durchzuführen, oder ihnen einfach nur das Geld dazu fehlte („weil es ihnen an Geld dazu gebrach"). Johannes Birnbaum gehörte zu den letzteren, da man mit der Zahlung seines Gehaltes im Rückstand war. Er selbst wäre wohl der *Grande Armée* gefolgt, war ihm doch „wegen des Bleibens unter den Verbündeten vor *Napoleon* bange", denn er war sich sicher, daß dieser wieder zurückkommen würde, da wohl nur wenige die Möglichkeit in Betracht zogen, daß das linke Rheinufer wieder an Deutschland fallen könnte, bzw. die verbündeten Mächte dieses wieder zurückfordern würden. Und im nachhinein war die Angst vor *Bonaparte*, wie sich herausstellen sollte, wegen des Verbleibs in Trier nicht unbegründet, „denn wirklich war sein Befehl zum Rückzug der Beamten bey dem Einrücken der Verbündeten" längst schon erteilt, aber, wie sie erst später erfahren sollten, wegen einer Unterbrechung der Post, in Luxemburg liegen geblieben.

Am Mittag des 5. Januar zeigte sich die erste „feindliche" Patrouille, eine Vorhut in Gestalt von preussischen Lanzenreitern, vor dem Trierer „Simeons = Tor" (das Simeontor wurde östlich an der *Porta Nigra* [zu deutsch: schwarzes Tor] angebaut, dessen Funktion als Stadttor durch den Umbau im 11. Jahrhundert zur Simeonkirche erloschen war [das alte Tor war durch die baulichen Veränderungen für den Durchgangsverkehr nicht mehr passierbar, nur noch der Zugang zur Kirche über eine Treppe möglich]. Das Simeonstor wurde erst 1875 im Zuge der Stadterweiterung mit Teilen der Stadtmauer und den anderen Toren abgerissen, die Simeonkirche im ersten Viertel des 19. Jhrdt., zuerst auf Maßgabe *Napoleons*, dann durch die Preussen zurückgebaut, und heute steht hier die „fast" unveränderte *Porta Nigra* wieder an dieser Stelle).

(Die Simeonskirche aus einem Stich von Caspar Merian, 1670, Sicht vom Stadtinnernen: Man erkennt deutlich die Treppe zur Kirche, die das alte Stadttor ausser Funktion setzte. Rechts daneben, das neu angebaute, „östliche" Stadttor, das Simeon = Tor, Quelle: Wikipedia, gemeinfrei).

(Die Porta Nigra, nach dem Rückbau der Kirche, Sicht von außen in die Stadt: Jetzt links zu sehen, das, zu Zeiten Birnbaums, und bis 1875 noch existierende, Simeon=Tor [nach einem Stahlstich um 1840/50 von Johann Gabriel Friedrich Poppel, 1807-1882, nach einer Zeichnung von Ludwig Lange, 1808-1868], Quelle: Markaurel.de).

Die wenigen, noch anwesenden Franzosen, zogen ihnen zwar vor dem Tor entgegen, und es enstand ein Scharmützel auf der Paulinstraße, jedoch räumten diese noch in der gleichen Nacht, angesichts der Ausweglosigkeit, fluchtartig die Stadt und gaben damit den Weg frei für die einrückenden Truppenteile unter der Führung von Generalleutnant Wilhelm Ludwig Viktor Graf Henckel von Donnersmark (*1775, †1849), dem ehemaligen Flügeladjutanten von König Friedrich Wilhelm III., welcher dann kampflos in Trier einzog, das seit dem Abzug der Franzosen, dem 6. Januar, in preußischer Hand war, zuvor hatte der

Generalleutnant am 3. Januar, beim Marsch auf Trier, die Stadt Simmern im Hunsrück in einem Nachtgefecht entsetzt. „Herr Graf Henkel war ein äusserst gebildeter, leuthseliger Mann, und hielt die schönste Mannszucht". Birnbaum wohnte damals in der Trierer Vorstadt St. Paulin, „in einem einzeln gelegenen Haus". Angst und Schrecken verbreitete sich vor der Erwartung ihrer unbekannten Gäste. Aus Ungewissheit vor dem weiteren Ausgang, verbargen sich die Töchter auf dem Speicher, bis die erste Unsicherheit und Sorge der Wissbegierde gewichen war. Aus Furcht, der Haushund, eine große schwarze Dogge, würde sich von der Kette losreißen und die Soldaten anfallen, wollte er ihn totschlagen lassen, schenkte ihm aber auf die Bitte seines Schwiegersohnes, Carl Wilhelm Fachinger, der seine Tochter Eva Maria 1813 geheiratet hatte, „unwillig" das Leben. Doch bald sollte sich herausstellen, daß die „Stimmung" (Furcht) der Besitzer auf den Hund übertragen würde, denn während die Bewohner bei den Stößen mit den Gewehrkolben ans Hoftor angstvoll zusammen fuhren, verkroch sich der Hund, anstatt wie früher zu bellen und auf die Personen loszugehen, mit ihrem zweiten, kleinen Hund, zitternd und mucksmäuschenstill in eine winzige Ecke. Birnbaums Frau und der Schwiegersohn, die beide sein Schicksal teilen wollten, gingen mit ihm hinunter, um die Gäste zu empfangen. Aber, was nach dem öffnen der Tür vor ihnen stand, waren „keine wilde, grausame Krieger, sondern freundliche, gutmüthige Leute", welche ihnen Mut zusprachen und ihnen versicherten, „daß sie nicht gekommen wären, um Böses mit Bösem zu vergelten" oder sich an friedlichen Bürgern zu rächen, für Taten, die ihnen französische Soldaten angetan hätten. Als die Mädchen nun auf dem Speicher feststellten, daß alles friedlich zuging, „trieb sie der Vorwitz aus ihren Schlupfwinkeln, um auch einmahl feindliche Soldaten zu sehen, und Theil an der Unterhaltung zu nehmen". Den Vorrat an Speise und Trank, der den „Besuchern" zum Empfang bereit gestellt wurde, verzehrten die Gäste nicht auf, „sondern begnügten sich mit wenig", und zogen dann höflich ab, boten ihm sogar an mitzukommen, um ihr Regiment in die Stadt einrücken zu sehen, welches Ansinnen Birnbaum, inzwischen selbst neugierig geworden, dankend annahm. Jedoch, zweifellos waren nicht alle der nachkommenden Truppen von solchem Holz geschnitzt, und ihre Anführer entsprachen auch nicht alle dem Charakter eines Henckel von Donnersmarck.

Nach diesem Verlauf der Dinge nahm er sich nun vor, die Zeit in aller Ruhe in seinem Haus abzuwarten, sich nirgends einzumischen, wenn es nicht in seinen Amtsbereich fiel, um sich von keiner Seite einem Vorwurf auszusetzen. Mit den, im jetzt deutschen Territorium, noch anwesenden Franzosen, seinen Kollegen, hielt er weiterhin freundschaftlichen und vertraulichen Kontakt, und sie verhielten sich ihm und seinen deutschen Kollegen gegenüber nicht anders, bis der Gebrauch der deutschen Sprache im öffentlichen Leben eingeführt wurde, und sie dadurch ihre Stellen, aus Unkenntnis derselben, selbst aufgeben mußten, wofür ihnen ab diesem Zeitpunkt, das Verständnis fehlte. Hätten die Deutschen in Frankreich die deutsche Sprache eingeführt, wie damals die Franzosen im deutschgeprägten Elsass, hätte man Zeter und Mordio geschrieen, und von nun an, betrachteten sie ihre deutschsprachigen Kollegen, insbesondere ihn, einen geborenen Franzosen, als Feinde, einzig weil diese ihr Amt fortführen konnten, und dies mit einem solch ausgeprägten Haß, als wenn die Deutschen auf ihren Ruf hin ins Land gekommen wären und es von ihnen abhinge, ob sie das Land verlassen mussten oder nicht. Allein Kammer = Präsident *Poulain de Grand-prez* (Poulain Grandprez oder Poulain-Grandprez, 1793 Sekretär des Nationalkonvents) blieb ihnen zugeneigt und verhielt sich vernünftig. „Der wackere Greis ist erst vor kurzem auf seinem Landgute in Frankreich im Alter von 81 Jahren gestorben".

Der vorgefasste Plan Birnbaums, sich in nichts einzumischen, was ihn nicht betraf, schlug indessen bald fehl, und er wurde durch die weiteren Ereignisse in eine für ihn unvorteilhafte Position versetzt. Der Graf, Henckel von Donnersmark, hatte sofort an die Stelle des geflüchteten Präfekten eine Verwaltungs = Kommission gesetzt, an deren Spitze er ein anerkanntes Mitglied des ehemaligen kaiserlichen Gerichtshofes unter der Bedingung stellen wollte, daß derselbe geborener Elsässer war. Dieser aber könnte nun, durch die Annahme der Stellung und bei der Rückkehr *Napoleons*, nach seinem (Birnbaums) Szenario, die „schrecklichsten" Folgen erleben. Jedoch mit einer Ausnahme: Denn je mehr Mitschuldige jener vorweisen konnte, desto eher wäre mit der Gnade *Napoleons* rechnen, weil *Bonaparte* seiner Meinung nach, doch lieber allen verzieh, als daß er der Neigung nachhing, sie seiner Rache zu opfern, und desgleichen ein Unglück mit mehreren zu teilen, leichter zu ertragen wäre, als daß man dieses, im weiteren Verlauf, alleine erleiden mußte.

Am späten Abend des 19. Januar erhielt er von der Verwaltungs = Inspektion die Aufforderung, sich unverzüglich zum preußischen Intendanten des Saar = Departements, Kommissar Athenstädt, zu begeben, der ihn in einer wichtigen Sache sprechen wollte, und vernahm hier, zu seinem „Erstaunen und Schrecken", daß der Intendant ihn, auf die Empfehlung der Verwaltungskommission, zum vorübergehenden Präfekten des Wälder = Departements ernannt, und Birnbaum sich sofort „einen eidlichen *Revers*" (eidesstattliche Verpflichtungserklärung, verbindliche Zusage [Ausländerrecht]) auszustellen hätte, um unverzüglich an seinem Posten verfügbar zu sein (Athenstädt war zuerst Intendant [Verwalter], aber am 4. Februar erfolgte dann die Bekanntmachung von General - Gouverneur Gruner auf die Ernennung „Athenstaedt's" zum General – Gouvernements –

Commissair, für das Saar Departement, dieses Gouvernement bestand unter Athenstädt jedoch nur bis Juni 1814, danach wurde bereits das neue Gouvernement vom Nieder= und Mittelrhein unter General - Gouverneur Sack gebildet [aus Lottner, Leitner, Marquardt: Sammlung der für die Königlich Preußische Rheinprovinz seit dem Jahre 1813 ..., und archiv.jura.uni-Saarland]). Den Wohnsitz könne er selbst wählen, die Ernennung würde ihm am nächsten Tag zugeschickt, und mit dieser müßte er sich zum preußischen Generalmajor Friedrich Erhard von Röder, (*1768, †1834, ehemaliger Flügeladjutant des Königs Friedrich Wilhelm III., vor der Kriegserklärung Preußens 1813 an Frankreich), begeben, um sich mit diesem über die Verwaltung, in Bezug auf die Truppen, in Verbindung zu setzen. Er fand sich durch diese Maßnahme in größte Verlegenheit versetzt, da er auf der einen Seite bei Nichterscheinen, durch den Intendanten mit Deportation und Einsperrung in einer Festung jenseits des Rheins bedroht war, wenn er den *Revers* nicht unterzeichnete, unterschrieb er ihn aber, würde er bei Annahme der Stellung und *Napoleons* Rückkehr, die ihm immer wieder wie ein Damoklesschwert über dem Haupt zu drohen schien, der Todesstrafe ausgesetzt, oder müßte aus seinem Vaterland flüchten und sein Leben in der Fremde fristen, da nach den damaligen Gesetzen Franzosen, und besonders französischen Beamten, welche bei einer gegnerischen, wie im vorliegenden Fall, „einer mit Frankreich im Krieg verwickelten Macht", ein Amt annahmen, unausweichlich mit einer Strafe gegen das

Leben auf dieses „Verbrechen" bedroht waren. Ein fortführen seines Richteramtes hätte ihn wahrscheinlich in einen „weit vorteilhafteren Stand" gebracht, da ihm dadurch die Möglichkeit zur Aussage blieb, dass er zu keinem Zeitpunkt einen Befehl zum Rückzug erhalten habe, und er sich letztendlich auf die stillschweigende Erlaubnis hätte berufen können, seine Tätigkeit weiter auszuüben. Bei der Annahme eines anderen Amtes, noch dazu einer Präfektenstelle, die mit der Versorgung feindlicher Truppen verbunden war, fiel diese Entschuldigung jedoch vollkommen weg. Also tat er, „was man in der Angst gewöhnlich thut". Die nahe, „gewisse" Gefahr, fürchtete er mehr, als die ungewisse, zwar denkbare, aber doch eher in weiter Ferne liegende, er unterschrieb die Verplichtung und wählte als Wohnsitz „das Städtchen Echternach an der Sauer" in Luxemburg.

Kaum war die Unterschrift geleistet und er zu Hause angekommen, als er sich auch schon „alle Schrecken der Zukunft" vorstellte, seine Schwäche und mit ihr die Stunde verwünschte, in welcher er auf den unsäglichen Gedanken gekommen war, seinen „ursprünglichen Stand zu wechseln", ja sogar bereute, jemals Lesen und Schreiben erlernt zu haben. Zitternd und bebend, jedesmal wenn er nur die Möglichkeit berücksichtigte, *Napoleon* könnte das Schlachtfeld siegreich verlassen, ebenso hinterließ auch nur der Gedanke an den

Namen des Kriegsherrn, welcher sich „durch übertriebene Strenge" den Herzen seiner Untertanen entfernt hatte, bei ihm Unbehagen, „zumahl, wenn er dieselben dadurch noch in die verzweifelte Alternative bringt, sich entweder seiner Rache auszusetzen, oder ihm zu gehorchen und zu darben, was bey mir in der That der Fall war".

1814 – Präfekt des Wälder-Departements in Echternach und die Rückkehr des Krieges (6. Koalitionskrieg): „Ungesäumt, lautet der Befehl des Herrn Intendanten, und das Städtchen Echternach ist zu meinem Sitze bestimmt"

Am folgenden Tag erschien er bei General von Röder, der allein im Zimmer vor dem Kamin stand, und in aller Ruhe seine Pfeife rauchte. Die „Edle, Offene und Angenehme" Ausstrahlung in der Haltung und den Gesichtszügen des Generals, flößte ihm das Zutrauen und den nötigen Mut ein, ihm seine Bedenken und Sorgen „offenherzig mitzutheilen". Dieser hörte ihm aufmerksam und mitfühlend zu, um nach beenden seiner Ausführungen freundlich seine Hand zu ergreifen und mit einer Herzlichkeit zu sprechen, die Birnbaum „nie vergessen werde: Wahrlich ich bin eben so erfreuet, als erstaunt, daß Sie, ein geborner Franzose, solch ein Zutrauen in mich setzen; auch will ich dasselbe nicht täuschen. Ja, Ihre Lage ist bedenklich, denn das Kriegsglück ist wandelbar", denn, auch wenn es doch unwahrscheinlich sei, bestehe die Möglichkeit, daß sich das Glück wieder auf die Seite *Napoleons* schlagen könnte, aber er könne ihm keinen Rat geben. Alles was ihm möglich sei, ihn gegen den Verdacht zu schützen, er hätte die Stelle freiwillig angenommen, werde er tun, und ihn bei Bedarf „daher mit Gewalt" aus seinem Haus „reißen", und auf seinen Posten führen lassen. Aber, fragte er ihn, zu welchem Zeitpunkt er denn sein Amt antreten sollte, und wo er seinen Sitz hätte ? Auf die Antwort Birnbaums: „Ungesäumt, lautet der Befehl des Intendanten, und das Städtchen Echternach ist zu meinem Sitze bestimmt", kam die hastige Antwort: „Nein, das geht nicht an, in diesem Augenblicke leiden meine Dispositionen (Zuteilung der Waren) noch nicht, daß ich die Bedürfnisse meines Korps von der bedächtigen Anordnung eines bürgerlichen Verwalters erwarte, der nicht gleich auf Ort und Stelle ist, wo es Noth thut". Entweder, er stehe ihm im General = Quartier in Trier zur Seite, oder die Sorge für seine Leute würde ihm (v. Röder) solange überlassen, bis es die Umstände erlaubten, daß er sein Amt in Echternach antreten, und von dort aus mit ihm korrespondieren könne. Er werde sich persönlich an den Intendanten wenden, und wenn dieser nicht einwilligen wolle, so hätte der General = Feldmarschall, Fürst Gebhard Leberecht von Blücher, zwischen ihnen zu entscheiden (*1742, †1819, jener Blücher, den Wellington 1815 in der Schlacht von Waterloo so herbeisehnte:

„Ich wollte es wäre Nacht oder die Preußen kämen"). Birnbaum sollte sich inzwischen zu Hause in Bereitschaft halten, damit er auf die erste Nachricht hin abreisen könnte. Damit war die Unterredung für Röder beendet und er entließ ihn. „Vermuthlich wurde die Sache wirklich dem General = Feldmarschall vorgelegt, welcher sich damahl schon tief in Frankreich fand und wichtigere Angelegenheiten, als diese, zu besorgen hatte; denn es verstrichen bey vierzehn Tage, ehe ich wieder etwas erfuhr". Währenddessen traf General = Gouverneur Karl Justus Gruner [14)], vom Generalgouvernement Mittelrhein, in Trier ein, und die Verwaltung von Herrn Athenstädt war zu Ende (Gruner: Ab 1815 in den preussischen Adelsstand erhoben, danach Karl Justus 'von' Gruner, *1777, †1820).

Am Abend der Ankunft Gruners erteilte ihm zwar Athenstädt noch „den gemessenen Befehl", sofort nach Echternach zu reisen, um dort die Stelle anzutreten, „allein ich fand keinen Beruf in mir, zu folgen". Gleich in den ersten beiden Tagen stattete er Gouverneur Gruner seinen Besuch ab, allem Anschein nach, um ihm seine Ehrerbietung zu erweisen („zu bezeugen"), aber im Grunde nur, um seiner Präfekten = Stelle, wenn möglich, wieder ledig zu werden. Bei seinem Eintritt in den Empfangssaal bemerkte er, daß General von Röder gerade das Kabinett (Beratungszimmer) verließ und ging. Sobald er Gruner seinen Namen genannt hatte, sagte dieser zu ihm: „Ha, Ha, Sie sind als provisorischer Präfekt für das Wälder = Departement ernannt ! Jetzt kann ich Sie noch nicht dahin schicken, allein, halten Sie sich bereit, es wird bald geschehen können". Birnbaum erklärte ihm, daß er sich wenig zu dieser Anstellung berufen fühlte, da er nicht lange genug im Wälder = Departement tätig gewesen war, um die Materie von Grund auf richtig kennenzulernen, er sich auch seit langen Jahren ausschließlich dem Richteramt gewidmet hätte und ihm dadurch Verwaltungskenntnisse und Praxis fehlten oder, wenn überhaupt, nur sehr wenig vorhanden wären, worauf ihm der feinsinnige Menschenkenner antwortete, er dränge niemandem ein Amt auf, aber „gestehen Sie mir nur, daß Sie sich vor *Napoleon* fürchten. Der kommt jedoch nicht wieder; dafür bürge ich mit meinem rothen Kopfe, und ich habe doch nur den einen", womit er leicht scherzend auf seine Haarfarbe anspielte. Gruner sprach viel von Vertrauen in die göttliche Vorsehung, von Befreiung aus der französischen Sklaverei, von aufblühender Freiheit, dem Glück des deutschen Volkes etc., „denn er besaß wirklich eine bezaubernde Beredsamkeit". Als sich Johannes Birnbaum schließlich die Anmerkung erlaubte, dass man nicht alles der Vorsehung überlassen könne, sondern auch selbst Sorge tragen müsse, desgleichen der Enthusiasmus in der langen Revolutionszeit in hohem Grad „abgekühlt" wäre, kehrte ihm

Gruner unwillig den Rücken, und entließ ihn mit den Worten: „Gehen Sie nach Hause, ich werde sehen, was zu thun ist".

Seine Befürchtung, ihn durch diese widerstrebende Haltung beleidigt zu haben, sollte sich jedoch bald als Irrtum herausstellen, denn schon einige Tage später ließ Gruner ihn zur Tafel laden, dieser wirkte dabei sehr entspannt (in seinen Worten „aufgeräumt"), und verhielt sich ihm gegenüber ebenso freundlich, wie er auch bei den anderen Gästen auftrat. Was ihm jedoch an dessen Tafel auffiel war, daß sich der General = Gouverneur wie ein regierender Fürst, immer zuerst bedienen ließ, obwohl „Personen von Rang" daran mitspeisten, unter anderem ein königlich preussischer General und einige Stabs = Offiziere. Gruner selbst schien wohl auch ein eher mäßiges Zutrauen in seine eigenen prophetischen Voraussagen zu haben, denn als die verbündeten Truppen für kurze Zeit von den Franzosen zurückgedrängt wurden, „verlegte er ungesäumt seinen Sitz nach Koblenz, und bald darauf in die Vestung Maynz", vielleicht war das ganze aber auch einem Reflex geschuldet, da er ab August 1812 wegen einer Denunziation *napoleonischer* Anhänger des preussischen Innenministeriums, fast ein Jahr in einer serbischen Festung inhaftiert war, und dieses Schicksal von französischer Seite nicht erneut erleben wollte (Gruner hatte schon als Polizeipräsident von Berlin, ab 1809, den Aufbau einer Geheimen Polizei zur Abwehr französischer Agenten betrieben). Im Februar 1812 hatte er aus Enttäuschung über die, von König Friedrich Wilhelm III. ausgeübte Zurückhaltung Preussens gegenüber *Napoleon Bonaparte*, den Dienst als Geheimer Staatsrat und Chef der Höheren Polizei, in den er 1811 berufen worden war, quittiert (der preussische König wollte sich anfangs neutral verhalten). Und in manch anderen Dingen stimmten seine Handlungen im Vergleich mit seinen Äusserungen ebenfalls nicht ganz überein. Niemand sprach zum Beispiel verächtlicher von den Franzosen und ihrem Charakter, niemand konnte sie dem Anschein nach weniger leiden als er, und doch heiratete er eine junge Französin, auch soll sein Patriotismus nicht ohne Eigennutz gewesen sein, so seine Aussage. Und trotz allem schreibt er weiter über ihn: „Er starb im schönsten Mannes = Alter, und welche Schwachheiten er auch gehabt haben mag, so besaß er doch dabey sehr viele gute Eigenschaften, und die Welt verlor an ihm einen muntern Gesellschafter, einen aufgeklärten, gelehrten und geschickten Mann".

Es vergingen nicht einmal vierzehn Tage, nach seiner ersten Unterhaltung mit General = Gouverneur Gruner, als er unversehens den Befehl erhielt, sich sofort nach Echternach zu begeben, um dort Herrn Athenstädt als Gehilfe und Rat zu dienen, den Gruner dort an seiner Stelle als Gouvernements = Kommissär beordert hatte. Und, obwohl die Annahme dieser

Anstellung für ihn weitaus weniger Gefahr barg, als die Gouvernements = Kommissär = Stelle, da er hierbei weder „öffentlichen Charakter noch Unterschrift" zu leisten hatte und alles was anfiel unter dem Namen Athenstädts ausgefertigt wurde, er gleichfalls in seinen miserablen finanziellen Umständen wirklich jeden Auftrag, bei dem eine halbwegs vernünftige Bezahlung erfolgte, als erwünscht annehmen mußte, sich durch die Annahme dieses Postens auch noch der hohen Kosten für die Unterbringung seiner Familie bei den Truppen entledigte, die er immer noch zu leisten hatte, so verblieb bei ihm trotz allem immer noch die Angst vor den Folgen, und er versuchte erneut, den Auftrag abzulehnen. Als Athenstädt dann aber zur Aufrechterhaltung des Befehls schließlich alle Geschütze auffahren ließ, hatte er letztendlich keine andere Wahl mehr, als diesem Folge zu leisten.

Doch es gab einen einfachen Grund für Athenstädts Verhalten: Er verstand kein Wort französisch! Da aber ein großer Teil der Einwohner des ehemaligen Wälder = Departements (des Herzogtums Luxemburg) der Volksgruppe der Wallonen angehörte, „welchen die deutsche Sprache völlig fremd ist", und selbst der Briefverkehr mit den Befehlshabern der russischen Armee, insbesondere aber mit dem russischen Feldmarschall und Chef der Militärverwaltung, Fürst *Michail Bogdanowitsch Barclay de Tolly* (auch Michael Andreas *Barclay de Tolly*,

*1761, †1818) in dieser Sprache geführt werden musste, war Birnbaum für Athenstädt, ganz schlicht und einfach, unentbehrlich. Freundschaft oder Respekt waren daher nicht der Antrieb zu dessen Empfehlung bei Gruner, davon konnte er sich recht bald persönlich überzeugen. Am 1. März 1814 reiste er nach Echternach, wo ihn *Jean-Henri Dondelinger* sen. (*1753, †1816, Fabrikant und Bürgermeister von Echternach) in seine Wohnung, der ehemaligen, von *Napoleon* säkularisierten Freien Reichsabtei Echternach, aufnahm, und er das Vergnügen hatte, mit dessen Schwiegersohn, dem Friedensrichter *Jean-Gaspard* Müller (*Jean-Gaspard Muller*, †1836), seinem „Freunde und Bekannten", unter einem Dach, in der *Faïencerie Dondelinger*, zu wohnen (Säkularisation: Durch staatliche Einziehung [Verweltlichung, Verstaatlichung] die Aufhebung von klerikalen Besitztümern).

Bereits am 3. März ließ er seine Familie nach Echternach kommen. Trotz der großen Freundschaft und vieler Gefälligkeiten, die er von seinem Freunde Müller erhielt, und in dessen Gesellschaft er manch angenehme Stunde verbrachte, war seine Lage unter Athenstädt „doch äusserst widrig und oft unausstehlich bitter und kränkend", da er diesen „bey mehr Hochmuth und Mittelmäßigkeit, als Bildung und Talenten" als einen anmaßenden, herrischen Mann beschreibt, der wohl nur allzu oft vergaß, zu welchem, eigentlichen Grund, er angestellt worden war, „und sich herausnahm, den mürrischen Gebieter" gegen ihn zu spielen, obgleich die ganze „Last der Arbeit, weil die ganze Geschäftsführung in französischer Sprache" auf ihm allein ruhte, „indem seine Schreiber bloß zum Behelf für das Abschreiben dabey gebraucht werden konnten". Nicht selten mußte er, obwohl er sich den ganzen „Tag über müde gearbeitet" hatte, in der Nacht noch Estaffetten (Post-, Eilzustellungen durch einen Postreiter) abfertigen, auch wenn er sich des Abends nach Ruhe sehnte. „Um die Heiterkeit meines Gemüthes war es ohne dieß geschehen", schreibt er, denn immer noch schwebte ihm die Gefahr vor Augen, in der sie sich eines Tages befanden, als es den Franzosen gelungen war, die verbündeten Truppen von Luxemburg gegen Trier zurück zu drängen. Ein Tag „schrecklicher Prüfung und Seelen = Marter !" Eines Morgens, beim aufstehen, bemerkten sie, daß die kleine Besatzung Kosaken (Soldaten der leichten Reiterei, auch Lanzenreiter) mit Sack und Pack bis auf den letzten Mann verschwunden war.

Naher Kanonendonner kündigte den Anmarsch der Franzosen an. Die eintreffende Nachricht, daß die verbündeten Truppen in vollem Rückzug begriffen und die Franzosen nur noch zwei Stunden von Echternach entfernt waren, wurden von dem immer näher kommenden Getöse ihrer Geschütze begleitet. Daraufhin verfiel Birnbaums Frau, die der seelischen Belastung allem Anschein nach nicht mehr gewachsen war, sodaß sie durch den Gefechtslärm in „Konvulsionen" (Wein-, Schüttelkrämpfe in Verbindung mit Bewusstseinsverlust) ausbrach, und obendrein in „dem Zustande ihrer Bewußtlosigkeit in das herzzerschneidenste Jammern und Wehklagen" verfiel. Ihre Phantasie spiegelte ihr seine Gefangennahme und Hinrichtung vor, und alle Versuche ihr das gesehene als Trugbilder auszureden, waren vergeblich. Während sich jedoch gegen Abend der Kanonendonner hörbar immer weiter entfernte, ja endlich ganz zum erliegen kam und die Kosaken nach und nach wieder zurück kehrten, gelang es ihnen, sie in einem seltenen, hellen Augenblick von seiner Freiheit und der gänzlich beseitigten Gefahr zu überzeugen und „ihr aufgeregtes Gemüth" allmählich wieder zu beruhigen. Außerdem zog dieser Vorfall, für das Wohlergehen seiner Frau, eine lange Phase gesundheitlicher Probleme nach sich. Zur gleichen Zeit hatte Athenstädt, welcher von der Gefahr beizeiten unterrichtet worden war, insgeheim schon alle Anstalten seines Entkommens akribisch vorbereitet. Ohne seinem Umfeld auch nur den geringsten Hinweis zu hinterlassen, hatte er sich augenblicklich nur darum bemüht, sämtliche Mittel zur Flucht und Sicherheit für sich persönlich in Anspruch zu nehmen. Soviel zur Bestätigung der vorherigen, vielleicht lieblos klingenden Erklärung, die er über Athenstädt zu Papier brachte. Es bleibt ohne Frage, daß ihm nach diesem Ereignis jegliche Zusammenarbeit mit diesem Herrn endgültig verhaßt und unerträglich geworden war. Jedoch lachte ihm glücklicherweise, allerdings ohne sein vorheriges Wissen, ein besseres und angenehmeres Los mit einem anderen Mann entgegen, als ihm dieses mit Athenstädt so unausstehlich geworden war.

Am 3. Mai 1814 ging die Festung Luxemburg durch Kapitulation an die siegreichen Verbündeten über (Österreich, Großbritannien, Preußen und Russland, diese hatten im Anschluß die Wehranlagen Luxemburg, im Gefolge mit Mainz und Landau, 1815 zu Festungen des deutschen Bundes erklärt). Athenstädt gab ihm den Auftrag, augenblicklich dorthin zu reisen und die öffentlichen Kassen und Archive der „hohen verbündeten Mächte" in Empfang zu nehmen und vorläufig zu versiegeln, Kommissär Athenstädt versah ihn aber auch gleichzeitig mit einem Schreiben an den militärischen Befehlshaber, mit dem Ersuchen, wenn erforderlich, für ihn bewaffneten Beistand zu leisten. Freund Müller aus Echternach begleitete ihn als Sekretär nach Luxemburg. Bei seiner Ankunft ging er zum österreichischen General = Militär = Gouverneur der Festung und des Departements, Vincenz Graf von *Desfours*, und teilte diesem seine Depesche (Eilnachricht) mit. Graf *Desfours*, ein feinsinniger und freundlicher Mann, „zeigte sich bereitwillig, dem Ansinnen des Gouvernements = Kommissärs Athenstädt, auf sein erstes Verlangen zu entsprechen, aber dass er hoffe, das es nicht dazu kommen sollte", so signalisierte er ihm, und gab ihm indirekt zu verstehen, daß er die französischen Beamten mit dem Respekt und der Schonung behandeln solle, die man ihrer Lage schuldig sei, worauf Birnbaum ihn selbst für einen ausgewanderten Franzosen einschätzte, insbesondere da seine französische Aussprache „sehr rein" und akzentfrei war (Linie *Desfours – Walderode*, *1778, †1858, Kämmerer und geheimer Rat, General der Kavallerie, 1807 Vermählung mit Maria Freiin [Tochter eines Freiherrn] von Wimmersberg). Er gab ihm die Versicherung, daß er völlig beruhigt sein konnte, und tatsächlich herrschte unter den französischen Beamten eine Angst und Befangenheit, selbst bei diesen, die er von früher noch persönlich kannte, sodaß er durch sein Mitleid und seine Teilnahme die Stellung, die er ihnen gegenüber einnehmen musste, fast vergessen hätte, und dadurch zwangsläufig bei sich selbst wieder das Empfinden eines Franzosen verspürte.

Recht schnell bemerkten die von Birnbaum so rücksichtsvoll behandelten Staatsdiener, „mit welcher Zartheit ich gegen sie verfuhr", sodaß die meisten ihm gegenüber bald „ein Betragen und eine Sprache" an den Tag legten, die mit der vorherigen Bescheidenheit, Demut und Furcht nicht mehr zu vergleichen war, und ihn so der Überzeugung nahe brachten, daß sie, „gewohnt, Andere nach sich zu beurtheilen", seine Schonung nicht dem Gefühl des Mitleids, daß er ihnen entgegenbrachte, sondern gänzlich dem, ihrer Vermutung nach, vollkommenen Fehlen einer Legitimation im Umgang mit ihnen, zuschrieben. Dies gipfelte schließlich darin, daß sie ihm deutlich zu verstehen gaben, „daß ihnen das Recht der Mitwirkung und Mitaufsicht dabey zukommen" müßte, „und sie sich zu keiner Aushändigung verstehen würden", da das Eroberungsrecht nicht vorsehe, daß der Sieger, als neuer Herrscher, schalten und walten könnte wie es ihm beliebt, ihnen selbst darüber hinaus sogar die Befugnis zustehen würde, ihr Anrecht gegenüber dem Landesherrn zu wahren. Mit viel Mühe konnte er den einen oder anderen von seinen irregeleiteten Vorstellungen abbringen. „Der Präfekt des Departements, Herr *Jourdan*, war noch der vernünftigste und bescheidenste, vielleicht weil er auch der ängstlichste und klügste war" (*André Joseph Jourdan,* *1757, †1831, 1795 im Rat der Fünfhundert und großer Gegner der *Proscriptionsliste*, sowie Nachfolger von *Jean Baptiste Lacoste* in diesem Amt, s.u.).

Herr *Jourdan* allerdings, war anscheinend in der größten Not, als er ihm Ankunft und Auftrag verkünden ließ. Rat und „Trost" holte er sich bei dem heimlich herbeigerufenen Präfekturrat Reuter, aus diesem Grund ließ er Birnbaum bitten, im Vorzimmer etwas zu warten. „Herr Reuter, mit welchem ich schon in Luxemburg in freundschaftlichen Verhältnissen gestanden hatte, lachte nicht wenig, als er bey seiner Ankunft in der Präfektur mich, als den gefürchteten deutschen

Kommissär, ganz gefällig wartend fand, bis es dem Herrn Präfekten gelegen seyn würde, mich zu empfangen, und diesem fiel, wie er mir nachher selbst gestund, ein schwerer Stein vom Herzen, als er vernahm, wer der schreckliche Mann sey". Die Höflichkeit gebot *Jourdan*, Birnbaum und Reuter zusammen mit einigen anderen Herren zur Tafel zu bitten und galant seine Wünsche für die Gesundheit Johannes Birnbaums in den Worten zum Ausdruck zu bringen: „Dem Herrn, welcher die Präfektur des Wälder = Departements eröffnet, und auch wieder geschlossen hat". Birnbaum war der erste, und *Jourdan* der letzte Präfekt des Departements, wobei *Jourdan* die Schließung des Departements nicht unbedingt als zwingend betrachtete, da er alle verfügbaren Hebel in Bewegung setzte, um im Präfekturgebäude weiter Wohnung halten zu können, und sich erst nach etlichen Ermahnungen und Aufforderungen endlich dazu bewegen ließ, das Gebäude zu verlassen, denn *Jourdan* verharrte weiterhin in der fehlgeleiteten Annahme, eine so wichtige Festung, wie sie Luxemburg darstellte, müsste französisch bleiben, und in dieser abwegigen Vorstellung war er, mit vielen anderen Franzosen, leider nicht allein.

In Echternach wieder angekommen, empfing ihn Athenstädt „noch verschlossener und frostiger als sonst". Er hörte sich den Bericht über die Erfüllung seines Auftrages kommentarlos und gleichgültig an, legte die sorgfältig angefertigten Protokolle „gravitätisch (würdevoll) *ad acta*, und ließ mich meines Weges gehen". Daß er alle öffentlichen Kassen in Luxemburg leer vorgefunden hatte, bedarf es wohl keiner weiteren Erklärung.

„Das Regiment von Herrn Athenstädt nahm nun bald ein Ende, und vermuthlich war dieser davon schon unterrichtet", als er von Luxemburg zurückkehrte, was wohl mit die Ursache des eisigen Empfangs gewesen sein mag. Sein Nachfolger wurde Franz Edmund Joseph (Ignaz Phillip Bartholomaeus) Freiherr von Schmitz–Grollenburg, der Mitte Mai mit seinem Privat-Sekretär, dem späteren Land = Kommissariats = Aktuar (Protokollant, Gerichtsschreiber, -angestellter, aber auch als Titel für einen Sekretär in Verwendung) in Kaiserslautern, Johann Alwens, gänzlich unerwartet „und unverhofft" mit dieser Nachricht bei ihm in Echternach eintraf und sich noch am selben Tag mit ihm nach Luxemburg begab, wo er den Sitz des Gouvernements = Kommissariats im Präfekturgebäude „aufschlug", welches von *Jourdan* inzwischen verlassen worden war (Schmitz-Grollenburg: *1776, †1844, ab 1792 Reichsfreiherr, und von 1814 - 1815 Gouvernementskommissar des Wälder Departements).

Die Zusammenarbeit mit von Schmitz - Grollenburg, der ihn „mit wahrer Freundschaft behandelte", gestaltete sich im Gegensatz zu der mit Kommissar Athenstädt, die sich immer als „mühselig und verdrießlich" darstellte, leicht und angenehm. Seine Familie war anfänglich noch in Echternach, da er sie nicht gleich nach Luxemburg holen konnte, während er „Haus= und Tischgenosse des würdigen Präfekturrathes, Herrn Reuter" war, „dessen Familie es an nichts fehlen ließ, um mir den Aufenthalt bey ihr so angenehm als möglich zu machen". In der Folgezeit aber, räumte ihm von Schmitz-Grollenburg ein Zimmer in der Präfektur ein, nur um ihn näher um sich zu haben, und sowohl in seiner Gesellschaft, als auch an dessen Tafel, wurde ihm „manche heitere und frohe Stunde zu Theil". Erst Anfang Juni ließ er seine Familie nachkommen, da seine „Durchlaucht der Erbprinz" von Hessen (Wilhelm Georg August Heinrich Belgus zu Nassau, *1792, †1839, bis 1816 Erbprinz, ab 1816 „regierender Erbprinz", wie Birnbaum schreibt, und damit Herzog Wilhelm I. von Nassau), sein Hauptquartier in der *Dondelinger'schen* Wohnung (der bereits erwähnten Reichsabtei in Echternach, einem ehemaligen Benediktinerkloster) aufgeschlagen hatte, und er daraufhin die Zimmer, die von seiner Familie dort noch bewohnt wurden, an ihn abtreten mußte. Obwohl die Sehnsucht, sein Leben in dieser Weise fortsetzen zu dürfen, wohl kaum größer gewesen sein konnte, „so zog sich jedoch bald ein neues unglückschwangeres Gewitter über meinem Haupte zusammen, welches mich nöthigte, es aufzugeben".

Freiherr vom Stein und die Franzosen - insbesonders „soll es ihm äusserst auffallend und zuwider gewesen seyn, noch so viele Franzosen zu finden"

Juni 1814 traf der ehemalige königlich preussische Staatsminister, Freiherr vom Stein, Leiter der Zentralverwaltungsbehörde der von *Napoleon* zurückeroberten Gebiete in Deutschland und Frankreich, während einer Rückreise von Paris, in Luxemburg ein (Heinrich Friedrich Karl Reichsfreiherr vom und zum Stein, Minister von 1807 bis 1808, *1757, †1831). Vom Stein übernachtete im Präfekturgebäude und schlief in dem Bett, welches sonst *Napoleon*, wenn er im Lande war, zur Ruhe gedient hatte. Schmitz-Grollenburg, der den Freiherr vom Stein mit eben diesem Hinweis in sein Schlafgemach begleitete, bekam von ihm lediglich die lapidare Antwort: „Es ist mir lieber, ich schlafe in dem seinigen, als er in dem meinigen". Wenn Birnbaums Vermutung zutrifft, war der Minister sehr unzufrieden mit dem Empfang des Stadtvorstands, insbesonders „soll es ihm äusserst auffallend und zuwider gewesen seyn, noch so viele Franzosen zu finden", da er anscheinend nicht die Kenntnis davon hatte, daß unter den gebildeten Ständen in Luxemburg gewöhnlich französisch gesprochen wurde, und er wohl ebenso wenig darüber informiert war, daß es die Einwohner des Landes Luxemburg waren. Bei seiner Abreise am nächsten Morgen erteilte er den „gemessenen", also bindenden Befehl, augenblicklich alle Franzosen von ihren Stellen zu entfernen, und diese mit Deutschen zu besetzen. Natürlich waren noch Franzosen beschäftigt, die meisten mit Luxemburgerinnen verheiratet und Familienväter, oder hatten sich auf irgendeine Art angesiedelt und waren schon soweit integriert, daß sie nie auch nur einen Gedanken auf eine Rückkehr nach Frankreich in Betracht gezogen hätten.

Freiherr von Schmitz-Grollenburg, der den, in Unkenntnis der beschäftigten Personen und im allgemeinen und vorerst mündlich gehaltenen Befehl des Ministers, zum Vollzug bringen wollte, ließ Birnbaum sofort nach der Abreise Seiner Excellenz zu sich rufen, um von ihm die Ausfertigung einer Liste aller französischen Angestellten und Beamten zu beauftragen, und war nicht wenig darüber erstaunt, als dieser ihm mitteilte, daß er selbst Franzose war, ja Schmitz-Grollenburg nahm sogar an, diese Regel könnte auf ihn nicht angewendet werden, auch daß er sich große Hoffnung machte, Seine Excellenz würde doch jene Franzosen in jedem Fall davon ausnehmen, „welche der deutschen Sprache kundig und ihren Aemtern gewachsen" oder mit Landestöchtern verheiratet waren, und sich einen tadellosen, rechtschaffenen Ruf erarbeitet hätten. Jedoch, in beiden Punkten irrte sich v. Schmitz-Grollenburg gründlich. Kaum in Trier wieder angekommen, ließ vom Stein den mündlich erteilten Befehl in Schriftform umsetzen, nahm davon nur diejenigen Franzosen aus, deren Geburt in Orten, die erst ab 1793 mit Frankreich vereinigt wurden, stattgefunden hatte, und da diese Regel sich auf das, durch den ersten Pariser Frieden vom 30. Mai 1814, abgetretene linke Rheinufer bezog, und in dem Frankreich in den Grenzen vom 1. Januar 1792 belassen wurde (das Gebiet des Elsass, also auch Landau und Umgebung, gehörte jedoch schon, wie bereits erwähnt, ab 1680 zu Frankreich), so sah er sich dann „dem Falle ausgesetzt, meine Stelle bey Herrn v. Schmitz = Grollenburg so wohl, als auch die Appellations = Gerichtsraths = Stelle in Trier auf einmahl zu verlieren". Von Schmitz-Grollenburg, den er über seine „desfallsigen Besorgnisse" unterrichtete, „tadelte" auch da noch seine Furcht, aber bald sollte sich zeigen, „daß sie nur zu gegründet war". Kaum zwei Tage später, wurde er schon durch den Präsidenten des Berufungsgerichtes, Georg Friedrich Rebmann offiziell benachrichtigt, daß er, „als Franzose, in Gefolg ministerischer Entscheidung, aufgehört hätte, Rath am Appellationsgericht zu seyn". Beigefügt war ein privates Schreiben, in welchem Rebmann, Johannes Birnbaum „sein Bedauern und seine Theilnahme" ausdrückte (G. F. Rebmann, auch Johann Andreas Georg Friedrich „Ritter von" Rebmann, Nobilitierung [Adelung]

1817: Träger des Civil = Verdienstorden und Ritter der Ehrenlegion, der ehemalige Schüler von Friedrich Schiller [in den Jahren 1788 / -89] war, zumindest anfänglich, Jakobiner, *1768, †1824 [er starb ebenfalls, wie Gruner, während eines Kuraufenthaltes in Wiesbaden]. Rebmann war Jurist, Verfasser satirischer Schriften und Publizist, trat gelegentlich auch unter dem „satirischen" Pseudonym als *Anselmus Rabiosus der jüngere* in seinen Publikationen in Erscheinung. Bekanntheit erreichte er unter anderem durch die sichere Prozessführung im Jahr 1803, gegen die Bande des Schinderhannes [Johannes Bückler, *1779, †1803]. Rebmann war zur Zeit des Prozesses gegen Bückler, genauer von 1803 bis 1811, Präsident des Mainzer Kriminalgerichtes).

Man mag es ihm verzeihen, äußert er sich, daß ihn „diese Behandlung noch mehr empörte, als niederschlug". Genötigt, den verbündeten Mächten, selbst bei Gefahr gegen Leib und Leben zu dienen, und ihnen trotz allem die Treue gehalten zu haben, stieß man in jetzt „zum Danke aus", machte ihn brotlos und überließ ihn seinem Schicksal. Mitten in seinen Überlegungen, die gesamte Menschheit zu verfluchen, erhielt er einen Brief aus Trier, mit folgendem Inhalt: „Lieber Herr Birnbaum ! Sie sind wahrscheinlich durch Herrn Rebmann von einer Maßregel unterrichtet (worden), welche Sie auch betrifft. Ich habe Ihr Interesse mit dem Eifer vertheidiget, den ich Ihnen schuldig bin, und habe bewiesen, daß Sie, als bloß unter französischer Souveraenität geborner Deutscher, dessen Vaterland erst im März 1793 mit Frankreich vereiniget wurde, nicht in die Maßregeln begriffen werden dürfen. Man hat diese Wahrheit anerkannt. Sie sind ein Deutscher und bleiben Rath, und, wie ich hoffe, auch mein Freund", unterzeichnet „Ruppenthal" (Karl Ferdinand Friedrich Julius Ruppenthal, Advokat und Politiker, *1777, †1851, von 1814 bis 1816 Generalsekretär der Verwaltung des Saardepartements, ab 1819 General = Advokat beim Revisionshof in Berlin und stieg dort 1838 bis zum „wirklichen geheimen Rat" im Justizministerium auf). Dem Schreiben folgten noch mehrere von Bekannten und Kollegen, in denen sie ihm ihre Freude über die Beibehaltung seiner Rats = Stelle mitteilten und ihm noch die besten Glückwünsche aussprachen. Die herzliche Anteilnahme tat ihm gut, „besonders aber das edle Betragen des Herrn Ruppenthal", der ihm nichts schuldig war, obwohl er in seinem Brief von einer vermeintlichen Schuld sprach. „Ich werde es nie vergessen, und ihm, so lange ich lebe, dafür dankbar seyn". Ruppenthal kannte ihn von seiner Zeit als Appellationsrichter in Trier, er war 1798 dort Sachwalter und von 1805 an Anwalt beim Appellationsgericht. Aber Franzose war und blieb er trotzdem noch, und ob Ruppenthal darüber im Irrtum, oder es nur ein politischer Schachzug von ihm war, konnte er auch nicht in

Erfahrung bringen. „Edler erscheint mir noch, wenn er sich, zum Behuf einer guten Handlung und zur Hintertreibung einer schreyenden Ungerechtigkeit, eines unschuldigen Kunstgriffes bediente, und aus meinem Geburtsorte Queichheim – welcher schon über 100 Jahre französisch war – das, erst seit 1793 mit Frankreich vereinigte, Billigheim machte" (Billigheim: Von 1450 bis 1806 noch im Besitz der Stadt- und Marktrechte, allerdings schon vorher, ab dem 14. JH., als „civitas" [Stadt] erwähnt. Geburtsort des Reformators Diepold Gerlacher [* um 1493], später bekannt unter dem Namen *„Theobald[us] Billican[us]"*, der etwa zweieinhalb Jahre zusammen mit dem langjährigen Mitstreiter Martin Luthers, Philipp Schwartzerdt, welcher später unter dem Namen *"Philipp Melanchton"* größere Bekanntheit erreichte, in Heidelberg studierte, und mit dem ihn eine lang anhaltende Freundschaft verband). Allein seine Ehre und sein Stolz verboten ihm, sich eines Mittels zu bedienen, das zwar auf der einen Seite wirklich auf einem Irrtum beruhen konnte, aber von ihm eher als Kunstgriff bewertet wurde. Aber er hatte sich seiner Geburt als Franzose nicht zu schämen, hätte es in seinem Innersten jedoch zweifellos als Schande angesehen, seine Herkunft zu verleugnen, und wollte es aus diesem Grund darauf ankommen lassen, ob man ihn, als geborenen Franzosen beibehalten, oder weiterhin auf seiner Entlassung („Ausstoßung") beharren würde.

Ein Umstand ließ ihn darauf hoffen, daß das letztere doch nicht der Fall sein würde, da eben zu dieser Zeit die Errichtung einer, nur aus Österreich und Bayern bestehenden Landesverwaltung in (Bad) Kreuznach, worunter auch Trier fallen sollte, beabsichtigt war, und diese neue Verwaltung, die nicht mehr vom ehemaligen königlich preussischen Minister vom Stein abhing, aber gerade deswegen anderen Grundsätzen als unter diesem folgen würde, und sich möglicherweise eine Ausnahme zu seinen Gunsten ergeben könnte, noch dazu in Verbindung einer Empfehlung. Nun konnte er mit Zuversicht auf eine solche, des österreichischen General = Gouverneurs, Graf *Desfour*, bei dem österreichischen Ober = General der Armee, Baron von *Frimont* rechnen, der einem Gerücht nach, mit der Einsetzung der Landes = Verwaltung beauftragt werden sollte (Freiherr Johann Maria Philipp von *Frimont*, Graf von *Palota*, *1759, †1831, ab 1813 General der Kavallerie und Befehlshaber des 5. Armeekorps der verbündeten Heere, nach dem 1. Pariser Frieden von 1814 bis 1815 Gouverneur von Mainz). Ein weiterer Aufenthalt in Luxemburg schmälerte die Hoffnung, da das Land links der Mosel ausschließlich unter preussischer Verwaltung befand, und sich hier die Frage stellte, ob es Gouvernements = Kommissär v. Schmitz – Grollenburg gelingen sollte, ihn bei sich, bzw. in seiner Stelle halten zu können, daher entschloß sich Birnbaum, Luxemburg zu verlassen und nach Trier zurückzukehren, und zu ergründen „was meine Erklärung, daß ich wirklich Franzose sey, für eine Folge haben würde".

Schmitz – Grollenburg und *Desfours* fanden sein Vorhaben „etwas gewagt und mißlich", da er aber auf dessen Ausführung bestand, erteilte ihm von Schmitz – Grollenburg schließlich die geforderte Entlassung und Graf *Desfours* versah ihn mit einer eindringlichen Empfehlung an den österreichischen General, Baron von *Frimont*.

Am Morgen des 30. Juni reiste er mit seiner Familie aus Luxemburg ab und erreichte seine Wohnung in Trier am Abend des selben Tages. Sein erster Besuch galt Präsident Rebmann, der ihn zwar mit „herzlicher Freude empfieng", aber dann doch seine Bedenken äusserte, als Birnbaum ihm erzählte, daß er selbst seine „Eigenschaft als Franzose" offenlegen wollte, über die sonst kein Mensch auch nur eine begründete Untersuchung anstellen würde. Als aber Rebmann bemerkte, daß Birnbaum durch nichts umzustimmen war, seine Herkunft aufzudecken, „sprach er mit der ihm eigenen Laune: Nun thue er, was er will; er begehet doch immer unnöthiger Weise dumme Streiche. Das ganze Appellationsgericht hat ihn einmal zum Deutschen erklärt, und er allein wird doch nicht gescheidter seyn" als dieses, „und die Sache besser wissen wollen". Die Sprache konnte deutlicher nicht sein, auf „welch vertrautem Fuße" Rebmann und er standen. In Kreuznach war kurz vorher die, gemeinschaftlich kaiserlich königlich österreichische und die königlich bayerische, Landes = Verwaltung aktiv geworden. Er schrieb nun an General *Frimont* einen Brief in französischer Sprache mit dem beigefügten Empfehlungsschreiben des Grafen *Desfour*. Wenige Tage nach dem er die Zeilen abgeschickt hatte, erhielt er die Antwort, hier in deutsch (auf Tafel Nr. [15] die in französisch gehaltene Original Antwort): „Ich bedauere, mein Herr, mich nicht zu Gunsten des Gesuches verwenden zu können, mit dessen Zusendung Sie mich beehrt haben, indem ich mir für die Geschäfte der Civil = Verwaltung in Kreutznach nicht den geringsten Einfluss erlaube. Uebrigens, mein Herr, wird es nur von Ihnen abhängen, Ihre Stelle zu behalten, da, so viel mir bekannt ist, es sich weder davon handelt, die Gerichte aufzuheben, noch ihrer vorigen Verhältnisse wegen diejenigen daraus zu entfernen, welche, so wie Sie, durch ihren ausgezeichneten Charakter sich den allgemeinen Beyfall zu erwerben, gewußt haben. Genehmigen Sie die Versicherung der vollkommenen Hochachtung, womit ich die Ehre habe, zu verharren, mein Herr, Ihr unterthänigst = gehorsamer Diener: *Frimont*, General".

Dieses Schreiben schmeichelte ihm auf der einen, und es erfreute ihn später auf der anderen Seite, daß er sich nicht einmal persönlich an die gemeinschaftliche Landes=Verwaltung um Beibehaltung seiner Appellationsgerichtsratsstelle wenden mußte, da einige Tage nach Erhalt der Antwort von General *Frimont*, die „Stein'sche Maßregel" bereits durch eine neue Verwaltungs = Verordnung aufgehoben wurde, mit dem Wortlaut, daß alle Franzosen, die aus ihren Stellen enthoben und nicht durch Deutsche ersetzt worden waren, darin verbleiben könnten, wenn sie die Landessprache (nun deutsch), in Schrift und Sprache beherrschten, und auch sonst keine begründeten Beschwerden gegen sie vorlagen. Jetzt erst rückte er wieder an seinen alten Platz am Appellationsgericht ein, und nicht lange, ja schon am 3. Oktober 1814, wurde ihm eine General = Advokatenstelle angeboten, welche er sich, trotz aller Empfehlungen, schon unter *Napoleons* Regierung vergebens erhofft hatte. Das merkwürdige daran war, daß gerade jener Mann, nämlich General = Advokat *Lelievré*, ihm den Platz räumen mußte, auf welchen er während der Errichtung des *Cour impériale* im Jahr 1811, nur durch die Empfehlung seines, *Lelievré's* Vetters, dem Staatsrat *Philipp-Antoine Merlin*, das Nachsehen hatte.

Der Entlassung *Lelievré's* lag folgender Vorfall zugrunde: Zwei Offiziere aus dem Saar = Departement mit Namen Kreutzer, die in der kaiserlich österreichischen Armee gedient hatten, und ungeachtet des bestehenden Gesetzes (siehe vorher, das Beispiel der Schneider- und Leinwebergesellen) ihren Posten nicht verließen und nach ihrer Dienstzeit aus Österreich in ihr

Heimatland zurückkehrten, wurden vor ein Spezialgericht in Trier geladen, vor welchem sie nicht erschienen, und folglich von General = Advokat *Lelievré* in *contumaciam*, auf von ihm ergangenen Antrag unter *Konfiskation* (Einziehung) ihres Vermögens zum Tode verurteilt (in *contumaciam*: Bei 'Nichterscheinen', in Abwesenheit. *Contumacials* – Urteil, ein in Abwesenheit ergangenes Urteil). Die *Reklamation* (der Einspruch) der beiden Offiziere, gegen das bestehende Urteil, erfolgte nach der Abtretung des linken Rheinufers, bei der deutschen Regierung und jene verordnete Bericht über diesen Vorfall. Man forderte die Herausgabe des damals schriftlich gestellten Antrags. *Lelievré* verzögerte diese erst, gab dann aber am Ende klein bei, jedoch nicht ohne die Spuren seines „*Napoleonismus*" zu verdecken. Er „erlaubte" sich, einige Blätter, die von beweisträchtiger Natur waren, aus dem Antrag zu entfernen („herauszureißen"), um „so das Aktenstück zu verstümmeln", allerdings war dem Gedächtnis der Beteiligten nicht entfallen, in wessen „Geistes Kind" der Vorgang damals abgefasst war.

Und eben diese „Akten = Verstümmelung" brachte ihn zu Fall, wodurch der zweite General = Advokat an *Lelievré's* Stelle vorrückte und Johannes Birnbaum somit dessen Position einnahm. *Lelievré*, ein katholischer Geistlicher, geborener

Franzose und damals der deutschen Sprache nicht mächtig, legte sich anschließend konsequent auf Sprache und *Jurisprudenz* (Rechtswissenschaft) fest, vervollkommnete sich in beidem entsprechend, so „daß wirklich ein tüchtiger Mann aus ihm wurde, und man ihn deswegen auch unter der deutschen Regierung beybehalten hatte". Nun hatte dieser *Lelievré* aber die Angewohnheit, sein Fähnchen nach dem Wind zu drehen (Birnbaum schreibt: „der den Mantel nach dem Winde kehrt"). Geschmeidig und gefällig, immer zu seinem Vorteil, und ohne Rücksicht auf andere, den jeweiligen Mächten hörig und, wenn erforderlich, eine Uniform („Livreé) mit der nächsten tauschend. Sein Gebaren unter der Gruner'schen Regierung hatte ihm durch dieses Auftreten den Haß und die Verachtung der französischen Beamten in höchstem Grade zugezogen, und dies mit Recht, da er schon in arglistiger Täuschung handelte, und seinen Landsleuten gegenüber versuchte, den eidlichen Revers (die Verpflichtungserklärung) zu entlocken, den die Räte auszustellen hatten, wenn sie in Amt und Würden bleiben wollten. In der Vermutung, daß sie sich gerne zur Ausstellung dieser Verpflichtungen bereit zeigen würden, er aber gleichzeitig mit dem Auftrag der Einholung dieser Reverse den Befehl des General = Gouverneurs erhalten hatte, dem Appellationsgericht die Einführung der deutschen Sprache zu verkünden, und dadurch der Eid für diejenigen, die diese Sprache nicht verstanden, ohne weiteren Nutzen war, und *Lelievré*, als ehrlicher Mann, korrekterweise zuerst den zweiten Teil dieses Auftrags hätte vermelden müssen, um seine Landsleute nicht in eine Falle tappen zu lassen. Der Hintergedanke bei dieser Vorgehensweise war, nach Birnbaums Meinung, klar umrissen. Im Falle einer Rückkehr *Napoleons* wollte er in diesen Franzosen Mitschuldige, und keine Ankläger finden.

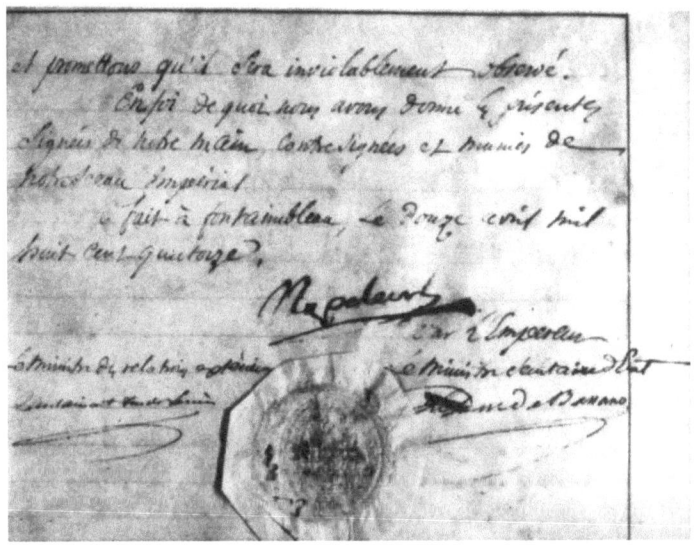

Erste Abdankung Kaiser Napoleon Bonapartes (L`Empereur) 1814
- Bildarchiv der Österreichischen Nationalbibliothek -

1815 - Napoleons kurzes Gastspiel: Die Herrschaft der 100 Tage und die Niederlage bei Waterloo : „Noch lag mein Abschied bey dem Herrn General=Prokurator, als die Nachricht von Napoleons neuer Entsagung auf den französischen Thron in Trier anlangte"

In der neuen Anstellung als zweiter General = Advokat, mit der eine Gehaltserhöhung von 200 bis 300 Gulden verbunden war, welches ihm bei der schweren Einquartierungslast seiner Familie nur recht sein konnte, hätte er nun eigentlich glücklich und zufrieden die Früchte seines Fleißes ernten können, allein schon im Hinblick darauf, da sein Chef, der spätere Präsident des Landgerichts in Trier, und damalige General = Prokurator Birck, ihm alle Achtung und Freundschaft erwies ([auch Birk], 1817 als General - Staats - Prokurator am Königlichen Oberappellationshofe im „Amtsblatt der königlich [preussischen] Regierung zu Trier erwähnt").

Aber, „Unterdessen entwich *Napoleon* am 1. März 1815 heimlich von Elba und bemächtigte sich wieder des französischen Throns". Informiert durch ein Netz von Agenten wußte *Napoleon*, daß die *Restauration* von Ludwig XVIII., die erste der *Bourbonen*, der sogenannten *Premiére Restauration*, der Wiederherstellung der Monarchie, eine unter dem Volk doch weit verbreitete Unzufriedenheit hervorgerufen hatte, und *Bonaparte* aufgrund dieser Meldungen ermutigt wurde, Elba zu verlassen, wieder nach Frankreich zurückzukehren und seine, ursprünglich zur Bewachung abgestellten Soldaten, zogen an seiner Seite mit. Nun versuchte das neue Regime unter Ludwig zwar einen Weg der Versöhnung einzuschlagen, gestaltete 1814 eine neue Verfassung, die sogenannte *Charte constitutionnelle*, welche die revolutionären Errungenschaften der letzten Jahre (Eigentumsverhältnisse, Verwaltungssystem) fast unangetastet ließ, aber es gab sowohl auf Seiten der gegenrevolutionären Kräfte wie auch bei den *Bonapartisten*, insbesondere in der Armee, scharfe Kritik, der König versäumte es auf diese Widerstände rechtzeitig zu reagieren, und durch diesen Fehler gelang es *Napoleon* nach seiner Rückkehr von Elba, rasch wieder Anhang zu finden und, in der darauf folgenden „Herrschaft der hundert Tage", erneut die Macht zu übernehmen (einer, oder der Befreier *Napoleons*, wie die Inschrift auf seinem Grabstein lautet, war ein junger Soldat namens [Johann] Eberhard Arbogast aus Germersheim, *1793, †1875, ein glühender Verehrer *Napoleons*, seit er auf dessen Feldzügen seinen Reiseschreibtisch tragen durfte. Arbogast, ursprünglich Fischer in Germersheim, soll in Kontakt mit einem Kreis von Verschwörern gestanden haben, welche sich auf die Befreiung *Napoleons* vorbereiteten, kam auf Anforderung eines Kuriers nach Elba und das Schicksal der Herrschaft der 100 Tage nahm seinen Lauf [lt. Wien, Hans / Ludwig, Hans – Unter des Kaisers Fahnen ...], es kursiert aber auch die Version, daß er als Teil der kaiserlichen Garde, zur Ablösung der zur Bewachung abgestellten Soldaten, zur Insel kam, die 100 Tage danach blieben aber die gleichen). Am 19. März floh König Ludwig erneut ins Exil nach Holland (Ludwig, eigentlich *Louis XVIII Stanislas Xavier, Graf von Provence*, *1755, †1824). Das Ereignis hätte ihn insofern nicht erschüttert, wenn das Schicksal des linken Rheinufers, vor Ausgang des nun wieder ausgebrochenen Krieges, definitiv schon entschieden worden wäre, aber bereits Ende Mai 1815 kam ein großer Teil des gemeinschaftlichen k. k. österreichischen und k. bayerischen Administrationsbezirks, darunter auch die Stadt Trier, unter die volle Souveränität Seiner Majestät des Königs von Preussen, und er damit in eine misslichere Lage, als er je gewesen war. Wollte er seine Anstellung nicht verlieren, so musste er, in Verbindung mit dem sogenannten Huldigungseid, königlich preussischer Untertan werden. Aber, Franzose war er immer noch. Schwor er den Huldigungseid (Treueschwur auf den König von Preussen, Friedrich Wilhelm III., dieser war 1813 Stifter des Eisernen Kreuzes), und *Napoleon* würde als Sieger hervorgehen (seine immerwährende Angst), das Land wieder an den Korsen zurückfallen, schwebte das von ihm schon mehrfach gefürchtete Damoklesschwert erneut über seinem Haupt, ursächlich des schon vorher erwähnten Gesetzes entweder als Verräter der Todesstrafe entgegen zu sehen, oder mit der preussischen Armee das Land zu verlassen und vermutlich jenseits des Rheins, wieder in der Vorstellung, mit seiner Familie brotlos und im Elend schmachtend, ziellos umher zu irren. Unter diesem Druck fiel es ihm schwer, eine Wahl zu treffen. Letztlich entschloß er sich, seinen Abschied zu nehmen, um so der Last der Huldigung zu entgehen.

Die Stadt Mainz, mit den Gerichtsbezirken Speyer, Kaiserslautern und Zweibrücken, blieb noch unter einer besonderen gemeinschaftlichen kais. königl. österreichischen und königl. bayerischen Landes = Administration mit Sitz in Worms, und da er im Land bekannt genug war, hegte er die Hoffnung, als Rechtsfachverwalter an einem dieser Gerichte sein Auskommen zu finden. In diesem Fall hätte er keinem Monarchen zu huldigen, da dieser Teil des Landes noch niemandem zugeordnet war, sondern „nur" einer provisorischen Verwaltung unterlag. Würde sich jedoch stattdessen das Kriegsglück auf die Seite *Napoleons* neigen, bestünde die Möglichkeit mit einer Ratsstelle am *Cour Impériale* in Trier rechnen zu können, denn, da er weder bei den *Bourbonen* in Diensten gestanden, noch dem König von Preussen gehuldigt hatte, wäre, *Napoleon*, seinen Vorstellungen entsprechend, mit ihm ausgesöhnt und die Vergangenheit durch den ersten Frieden von Paris, 1814, ohnehin verdeckt und vollkommen vergessen. Läge der Sieg bei den „hohen verbündeten Mächten, so war voraus zu sehen, daß sich

Frankreich diesesmahl zu neuen Länder = Abtretungen, und der größten Wahrscheinlichkeit nach zur Herausgabe der Vestung Landau mit einem Theile des Elsasses verstehen müsste", und er sich dadurch sicher („gewiß") sein konnte, bei der Verteilung der Ämter nicht leer auszugehen, ja sogar unter alten Bekannten und Landsleuten leben könnte. So schildert er die Gründe, die ihn zu seinem Entschluß und dessen Ausführung bewegten, dem königlich bayerischen General = Prokurator sofort seinen „Abschied" an die höchste preussische Behörde zu „senden" (einzureichen). „Noch lag mein Abschied bey dem Herrn General = Prokurator, als die Nachricht von *Napoleons* neuer Entsagung auf den französischen Thron in Trier anlangte". *Napoleon* hatte die letzte und entscheidende Schlacht gegen die alliierten Truppen, unter der Führung von Wellington und Blücher, bei *Waterloo* in Belgien verloren, und trat im August 1815 seine letzte Reise zur britischen Insel St. Helena in die Verbannung an, auf welcher er schließlich im Mai 1821 verstarb. Daraufhin riet man Birnbaum, seine Entsagung wieder zurückzunehmen, jedoch beharrte der weiterhin fest darauf, und zwar aus verschiedenen Gründen: Erstens - da er sich als Franzose durch die Behandlung, die er am eigenen Leib von den Preussen erfahren hatte, dem Haß und der Verachtung gegenüber seinen Landsleuten, „kein günstiges Loos versprach", und ihm ebenfalls der Gedanke „unerträglich" war, in den Augen seiner Kollegen als jemand zu gelten, dem man aus Mitleid ein

Amt überließ, und zweitens – er durch die Thronentsagung *Napoleons* die Hoffnung auf einen nahen Frieden und die Erfüllung eines geheimen Wunsches erleben könnte: Nämlich in seiner Heimat, dem Land seiner Geburt, mit hoher Wahrscheinlichkeit wieder ein Amt zu erlangen, und welches sehnsüchtige Verlangen sich in der Zukunft auch über alle Erwartungen erfüllen sollte.

Nach diesen Überlegungen bewarb er sich weder um eine Anwaltsstelle bei einem der Bezirksgerichte im provisorischen Gebietsteil des linken Rheinufers, noch ließ er irgendwelche Aktivitäten zu einer Abreise erkennen, sondern verblieb zur allgemeinen Verwunderung und ohne jegliche Anstellung, als Privatmann in Trier, obwohl sein gesamtes Umfeld nicht begreifen konnte, wie er ohne Amt, Einkommen und Vermögen überhaupt existieren konnte.

1815 - Vizepräsident am Appellationsgericht in Kaiserslautern:
„….mich ungesäumt nach Kaiserslautern zu verfügen, und daselbst das Lokal für das neue Appellationsgericht in dem Gebäude der Kreisdirektion einrichten zu lassen"

Die Ursache seines Verhaltens war einfach zu erklären: Er hatte im Briefwechsel, den er mit seinen Freunden führte, die zuverlässigen Informationen erhalten, daß die kaiserlich königliche österreichische und königlich bayerische gemeinschaftliche Landes = Administration in Kürze ein eigenes Appellationsgericht für ihren Gebietsteil errichten wollte, und er dabei „auf eine vortheilhafte Anstellung" rechnen könnte, weshalb er dies erst abwartete, bevor er die Alternativen zu einem anderen Schritt in Erwägung zog. „Den Namen des edelen Mannes, welcher mein Interesse dabey am eifrigsten betrieb, darf ich nicht nennen. Er wird sich selber erkennen, wenn er mich lieset, und in meinem stillen Danke und dem Bewußtseyn seiner guten That seine innere Belohnung finden". Diese Quelle war es ebenfalls, von dem er die erste Nachricht zur Ernennung des Vizepräsidentenamtes am neuen Appellationsgericht in Kaiserslautern erhielt, gerade zu einem Zeitpunkt, an dem er durch das lange, ergebnislose Abwarten, die größten Zweifel an seiner Entscheidung und an der Errichtung des Appellhofes bekam, da die Schaffung des Gerichtes wieder in weite Ferne zu rücken schien, und er diese Mitteilung in einem Augenblick erhielt, in welchem er „bekümmert und mit Sorgen belastet", allein in seinem Garten saß und über sein weiteres Schicksal nachdachte (das Appallationsgericht wurde im August 1816 durch Verordnung des bayerischen Königs Max Joseph I. von Kaiserslautern nach Zweibrücken verlegt und im Oktober feierlich eröffnet, da sich „König Max oder Max Joseph" dieser Stadt von Jugend an besonders verbunden fühlte, war er auch von 1795 bis 1825 letzter Herzog von Zweibrücken). Jener Freund aber, welcher ihm die meiste Unterstützung gab, ließ ihn, um sich mit ihm zu freuen, an diesem anfänglich sorgenvollen Tag, zu Tisch laden, und fröhlicher und ausgelassener hatte er noch nie ein Mahl eingenommen, als damals. Das Ernennungsdekret wurde ihm einige Tage später, amtlich durch Herrn Rebmann, zusammen mit dem Auftrag der k. k. östereichischen und k. bayerischen Landes = Administration zugestellt, mit der Vorgabe, sich unverzüglich nach Kaiserslautern zu verfügen, um hier höchstpersönlich den Raum für das neue Appellationsgericht im Gebäude der Kreisdirektion einrichten zu lassen. Das Gehalt für die zwei Monate, die er in Trier als „Privatmann zugebracht hatte" wurde ihm zusammen mit den Umzugskosten von Trier nach Kaiserslautern bezahlt, sodaß er dadurch keinerlei Verluste erlitt. Bei den Franzosen wäre wohl weder das eine noch das andere in Aussicht gestanden, ja, er hätte von Glück reden können, überhaupt eine Anstellung zu erhalten.

So verließ er am 5. August 1815 schweren Herzens mit seiner Familie das vertraute, liebgewonnene Trier. Georg Friedrich Rebmann, der Präsident des neu gebildeten Appellationsgericht, sowie der spätere königl. preussische Senatspräsident und Oberappellationsrat zu Köln, Umbscheiden, der als General = Prokurator ernannt worden war, sollten bald nachkommen. Umbscheiden jedoch schlug die Anstellung wieder aus (Friedrich Ludwig Umbscheiden, aus dem Zweibrückischen Meisenheim [bei Kreuznach], 1799 als Geschworenendirektor im

Arrondissement Mainz erwähnt, und mit Rebmann an den Schinderhannesprozessen beteiligt. General = Prokurator [in spe], Umbscheiden war 1825 Appellationsgerichtsrat in Köln und ihm wurde 1830 ebenda der Titel eines „Geheimen Justiz Raths" verliehen, aus: „Geschichte des teutschen Volkes", 1825 und „Jahrbücher für die preussische Gesetzgebung", 1830 sowie Udo Fleck: „Ein Messer in der Hand und eins im Maul ! – Die Schinderhannesbande", 2004).

Es fiel ihnen schwer, die Stadt zu verlassen, in der sie 12 Jahre verbracht und so viele Beweise der Freundschaft und des Wohlwollens erhalten hatten, gar manchen Freund zurücklassen mussten, unter anderem v. Schmitz-Grollenburg, welcher als Gouvernements = Kommissär von Luxemburg nach Trier versetzt wurde, und General = Sekretär Ferdinand Ruppenthal, der die tragende Rolle beim Versuch der Wiederbeschaffung seines Postens spielte, ihn durch jenen Trick vermutlich zum Deutschen machen wollte, und, was ihn am meisten schmerzte, seine älteste Tochter, Eva Maria, die mit Carl Wilhelm Fachinger aus Limburg an der Lahn verheiratet war und der eine Einnehmerstelle im Luxemburgischen unter Schmitz-Grollenburg inne hatte, welcher mit seiner Familie zu dieser Zeit in der Stadt Grävenmacher (Grevenmacher) wohnte, sowie die zweite Tochter, Margaretha Rosina, verheiratet mit Johann Baptist Silquin aus Trier, ebenfalls unter Schmitz-Grollenburg als Kanzleischreiber (Kanzellist) des Gouvernement = Kommissars tätig, und später als Kanzlei =

Sekretär in der dortigen königlich preussischen Regierung arbeitete.

Der Sohn, Johann Friedrich, zu dieser Zeit Kanzleischreiber unter Gouvernements = Kommissär *Jean-Georges „Vilmar"* und spätere Substitut des königl. Prokurators am Bezirksgericht Kaiserslautern, war verheiratet mit Wilhelmina Hacker aus Heidelberg. *Vilmar* und Birnbaum waren ebenfalls freundschaftlich verbunden. Die drei jüngsten Töchter, Julie, Konstanze und Fanny gingen mit nach Kaiserslautern. Konstanze heiratete den Lyzeal Professor (Johann) Philipp Zimmermann aus Zweibrücken, die zwei anderen, Julie und Fanny, waren zum Zeitpunkt der Niederschrift seiner Memoiren noch ledig (*Jean-Georges „Vilmar"*: Johann Georg Willmar, *1763, †1831, wurde 1795 *Substitut* [Gehilfe] von *Nicolas-Vincent Légier* im Wälderdepartement und im gleichen Jahr, durch Vermittlung von *Légier*, Präsident des Strafgerichtshofes, 1800 wurde *Vilmar* Unterpräfekt des Arrondissements Bitburg, danach ernannten ihn die Preussen wegen hervorragender Leistungen zum Gouverneur des Großherzogtums Luxemburg, dieser Titel wurde durch Großherzog Wilhelm I. von den Niederlanden 1817 bestätigt).

Heiter war der Himmel während der Reise, klar und freundlich lächelte er auf sie herab, die Geräusche der Kinder, das Hüpfen und Jauchzen, ließen nach einigen Stunden schon die melancholischen Gedanken in den Hintergrund treten, als sie abends aber in St. Wendel ankamen, war die Stimmung wieder auf einem Tiefpunkt angekommen, da alle Wirtshäuser mit Truppen belegt waren, und sie sich schon darauf vorbereiteten, die Nacht im Freien zu verbringen, wenn nicht der damalige Bürgermeister Johann Carl Anton Cetto (*1774, †1851) sie alle als Gäste aufgenommen, bewirtet und beherbergt hätte. Am folgenden Abend kamen sie mitsamt ihrem Gepäck in Kaiserslautern an. Zehn Tage später, am 16. August 1815, war die feierliche Installation des provisorischen Appellationsgerichtes, welche in Verbindung mit einem Gastmahl stattfand, bei dem zahlreiche Gäste aus dem Zivil= und Militärbereich anwesend waren.

Leben unter bayrischer Krone, Verleihung des Civil = Verdienstordens 1817 und 1824 als Präsident des Appellationsgerichtes in Zweibrücken: „So lebe ich nun im Herbste meiner Tage glücklich und zufrieden unter dem Scepter Ludwigs, des weisen und gerechten Sohnes von Maximilian Joseph….."

„So ruhig ich nun über mein künftiges Schicksal seyn konnte, wenn auch die Stadt Landau französisch blieb, so freute es mich doch ausnehmend, als deren Abtretung mit der des Landes zwischen der Lauter und Queich durch den (zweiten) Pariser Frieden vom 20. November 1815 erfolgte, und dieses Land nach dem Gerichtssprengel des Appellationsgerichtes in Kaiserslautern provisorisch einverleibt wurde". Aber die vollkommene Freude überkam ihn erst bei der Übergabe des Landes an die Krone Bayerns, da nun ein lang gehegter Wunsch Erfüllung fand. „Ich war Unterthan eines Königs geworden, an dem ich schon von Jugend auf mit Liebe hieng, und hörte auf, ein Fremdling in dem Lande zu seyn, wo ich angestellt war" [16].

„Den ersten Beweis der besonderen Huld und Gnade, worin mich der höchstselige König von Bayern, Maximilian I. Joseph beehrte (Maximilian I. Maria Michael Johann Baptist Franz de Paula Joseph Kaspar Ignatius Nepomuk, auch König Max oder Max Joseph genannt, Wittelsbacher Linie, *1756, †1825), war die Verleihung des Civil = Verdienstordens (Nobilitierung, Adelung: Personal-, bzw. Amtsadel, daher nicht vererbbar, aber mit dem Zusatz Johannes „von" Birnbaum zeitlebens verbunden), im Jahre 1817, an seinem Namensfeste, und der letzte, meine am 26. October 1824 erfolgte Ernennung zu der, durch den Tod des seligen Rebmann erledigten, Präsidentenstelle des Appellationsgerichtes des Rheinkreises, welche ich am 5. Nov. des nämlichen Jahres antrat".

So lebte er im Herbst seines Lebens „glücklich und zufrieden unter dem Zepter („Scepter") Ludwigs I. (Ludwig Karl August, als direkter Nachkomme Wittelsbacher Linie, *1786, †1868, König ab 1825), des „weisen und gerechten Sohnes" von Maximilian Joseph, in seinem Vaterland, „im Kreise von Weib, Kindern und Enkeln, mitten unter Verwandten, Freunden und Bekannten, danke dem Höchsten, daß er mich aus so vielen Stürmen, Nöthen und Bekümmernissen so wunderbar gerettet hat, und habe keinen Wunsch und keine Bitte mehr, als daß er mein Schiffchen in dem erreichten Hafen bis zu seiner letzten Abfahrt ruhig vor Anker liegen lassen möge".

Johannes von Birnbaum starb am 20. Mai 1832 im Alter von 69 Jahren in Zweibrücken, wo ebenfalls seine Grablegung stattfand („Ein Biedermann und gerechter Richter schlummert hier"), später versehen mit einem Denkmal „gewidmet der Hochachtung und Liebe", gestiftet von 1564 Bürgern des Rheinkreises. Auf das erste bekanntwerden seines „temporären" Ruhestandes wollten ihm „hiesige, wackere Bürger, welche den Wert eines Mannes mehr nach seinen unveränderlichen Diensten als seinem unstäten Barometerstandes einer wechselnden Politik zu bemessen wissen" eine goldene Dose überreichen. Sein schneller Tod vereitelte diese Überraschung, was für die Spender als traurige Aufforderung galt, das gesammelte Geld für die Errichtung dieses Denkmals am Grabe des Verstorbenen zu verwenden. „Der Gerechte stirbt nicht, denn das Andenken seiner Werke lebt ewig in den Herzen seiner M i t b ü r g e r" (tlw. Auszug aus dem „**Zweibrücker Wochenblatt. N$^{\underline{ro.}}$ 78, Dienstag, den 08. Oktober 1833**").

Kompletter Artikel im Anhang, Tafeln, Nr. [17]

Während seiner Zeit als Präsident des Appellationsgerichtes stiftete er (1829) den

„VEREHRTEN ÄLTERN

UND

SEINES HERZENS

GELIEBTEN BRUDERS

GEORG DANIEL BIRNBAUM

BÜRGERMEISTER ADJUNKT"

auf dem Friedhof zu Queichheim ein Denkmal aus rotem Sandstein in Form einer Säule. Der sieben Jahre jüngere Bruder (Georg) Daniel Birnbaum war unter dem damaligen Queichheimer Bürgermeister und Gutsbesitzer Conrad (Konrad) Fath Bürgermeister Adjunkt, also Gehilfe des Bürgermeisters.

Gedenksäule für seine Eltern auf dem Friedhof in Queichheim

(Quelle: Flätgen)

Dokumentenkopf „Koenigreich Bayern – Pfalz" des
Landkommissariates Bergzabern und der Bürgermeisterei Billigheim
(Quelle: Flätgen)

5 Franc – Münzen Revolution / Konsulat / Kaiserzeit

5 Franc 1. Republik L´AN 8 (1799), Herculesgruppe (Quelle Flätgen)

5 Franc Bonaparte L´AN 11 (1802), Premier Consul (Quelle Flätgen)

5 Franc Napoleon L´AN 13 (1804), Empereur, als Kaiser (Quelle Flätgen)

Tafeln:

[1] *Livres*: Der *Livre* (etwas weiter ausgeholt): Im Grunde war er anfänglich, wie das englische Pfund oder die mittelalterliche Marck, eine reine Recheneinheit und nicht in physischer Form vorhanden, ein Münzfuß, zur Bestimmung des Grundgewichtes und des Feingehaltes. Ausgeprägt wurden Sols [später umgangssprachlich *Sous* genannt] und *Deniers*, auf einen *Livre* kamen 20 *Sols* [entsprechend dem deutschen Schilling, bzw. engl. Shilling] oder 240 *Deniers* [entsprechend dem deutschen Pfennig, bzw. engl. Penny]. Unter dem *Ancien Régime* 1656 erste und einmalige Ausgabe einer Münze [*Lis d'Argent*] die dem Gegenwert eines *Livre* zu dieser Zeit entsprach, mit einem Gewicht von ca. 8 Gramm und einem Silberfeingehalt, -anteil von ca. 0.900, der Name *Livre* taucht dann 1793 auf, als *Ecu* zu „6 *Livres*" oder „24 *Livres*" in der Goldwährung, gleiches Jahr, dem Wert 1 Louis d´or entsprechend, oder 1/24 Livre war die französische Silberwährung und entsprach 1/24 Louis d´or (der Goldwährung), 3 Livres hatten im 17. Jahrhundert den Gegenwert eines franz. Silbertalers, des *Ecu*. Durch die Reduktion des Gewichtes sowie des Feingehaltes (Münzverschlechterung) verlor der *Livre* jedoch immer mehr an Wert. Zuletzt trat die Bezeichnung des *Livre* ab 1789 nur noch auf den Revolutions-*Assignaten* (Papierwährung, s.u.) auf und die Währung wurde 1795 durch den wertbeständigeren *Franc* ersetzt. Der deutsche Silbergulden (Rheinische Gulden), hatte je nach Münzfuß, den Wert eines $^2/_3$ -, später den eines $^1/_2$ Konventionstalers, mit 60

bzw. im Falle des Konventionsgulden im nachhinein mit 72 Kreuzern bewertet, und war im deutschen Reich durch „relativ" gleichbleibenden Silberanteil und Gewicht, während jener Zeit (bis 1793), gedeckt. Taler, Gulden und die verwirrende Vielzahl der Scheidemünzen (Groschen, Pfennigen, Kreuzern und Hellern), in ihren verschiedenen zeitlichen Variationen und Gewichten, wurden 1871 im Deutschen Kaiserreich durch die einheitliche, und im Dezimalsystem geteilte (wie der französische Franc ab 1795), Mark ersetzt.

2) Friedensrichter / Friedensgericht

Frankreich führte die Friedensgerichte *(justice de paix)* im Jahre 1790 ein. Wesentliches Merkmal war auch hier, dass die Friedensrichter juristische Laien waren, die aber allgemeines Ansehen genossen und deshalb aufgrund ihrer Volksnähe in der großen Masse, kleine Rechtsstreitigkeiten zu schlichten vermochten. Bevor Klage vor einem ordentlichen Gericht erhoben werden konnte, musste vor dem Friedensgericht eine Güteverhandlung stattgefunden haben (Prozessvoraussetzung). In weniger wichtigen zivilrechtlichen Streitigkeiten übten die Friedensrichter, die ihren Amtssitz gewöhnlich in ihrem Privathaus hatten, ebenfalls das Amt eines Zivilrichters aus. Sie taten dies zum Teil in erster, aber auch in erster und letzter Instanz. In der nichtstreitigen (freiwilligen) Gerichtsbarkeit hatten sie in Vormundschaftssachen den Vorsitz im Familienrat und ihnen oblagen die Erbsachen sowie Personenstandssachen bei Heiraten, Geburten, Sterbefällen etc. Die Friedensrichter waren aber auch als einfache Polizeirichter bei

Übertretungen tätig und konnten auf Strafen bis zu 15 Franken oder fünf Tage Haft erkennen. Bei den, in ihrem Bezirk verübten Verbrechen, wurden sie von den Untersuchungsrichtern der Obergerichte mit der Untersuchung des Falles beauftragt. Nach dem Sturz Napoleons 1815 blieben die französischen Friedensgerichte auf den linksrheinischen Gebieten bis 1879 weiterhin bestehen, da man sie als Fortschritt gegenüber den alten Rechtssystemen ansah.

[3] Sigismund Heinrich Grether: Ein Hinweis im Intelligenz = Blatt des Königlich Baierischen Rhein = Kreises, Speyer den 11ten April 1820, auf Sigmund Heinrich Grether: „Frau Charlotta Susanna gebohrne Holzhauser, Wittwe von Herrn Sigmund Heinrich Grether, im Leben Handelsmann wohnhaft zu Landau, und der Jungfrau Anna Sibilla Grether ..... ihnen in ungetheilter Gemeinschaft zugehörigen, Häuser und Güter, für Erb= und Eigenthümlich an den Meistbiethenden versteigert".

[4] Die Blockade Landaus, von 1793, beschreibt er, als Zeitzeuge, in seiner Geschichte der Stadt Landau und der Dörfer Quelchheim, Dammheim und Nußdorf mit zwei Begebenheiten, die ich hier einpflege („Eine Vestung ist eine gefährliche Nachbarin für ein Dorf"):

:

„Am 13. Oktober 1793, es war ein Sonntag, versuchten sie" (die Preussen) „zum erstenmahle die Wirkung ihres Geschützes. Die Einwohner von Landau wurden auf eine unangenehme Art aus ihren

Betten gescheucht, und mit Kanonenkugeln, Haubitzen und Wachteln" (Kanonenschuß, der aus mehreren kleinen, mit Pulver gefüllten, Kugeln besteht und dadurch eine größere Streuwirkung entwickelt) „begrüßet. Gegen Mittag hörte jedoch das Schießen wieder auf. Allein in der Nacht des 20. October fieng es abermahls an, und gieng mit einer solchen Heftigkeit bis zum Morgen des 2. Novembers fort, daß es Kanonenkugeln, Haubitzen und feurige Töpfe vom Himmel zu regnen schien, und die Erde zitterte. Man behauptet, es seyen an die 30.000 Schüsse in die Stadt gefallen, ohne die Bomben zu rechnen, die nicht so weit trieben, sondern in das Fort und die Vestungswerke fielen. Es war ein schönes, aber gefährliches Schauspiel, die leuchtenden Wachteln in finsterer Nacht in der Luft fliegen zu sehen. Die Belagerer sollen ihr Geschütz so forciret haben, daß es unbrauchbar wurde. Auch sagt man, der jetzt regierende König von Preussen, welcher sich als Kronprinz bey der Armee befand, habe das Bombardement in Abwesenheit des Obergegenerals, des Herzogs von Braunschweig, und gegen dessen Willen unternommen.

So viel ist gewiß, daß der Muth der Belagerten gewaltig auf die Probe würde gesetzt worden seyn, wenn das Beschießen noch einen oder zween Tage fortgedauert hätte, denn es war fürchterlich. Der Belagerungs = General suchte hernach vergebens die Übergabe der Vestung durch das Vorgehen der Unmöglichkeit einer Entsetzung und durch Androhung einer neuen Bombardirung zu bewirken. An jene glaubt man nicht, und mit der Schaam über die Kleinmüthigkeit bey der vorigen Gefahr war die Furcht vor einem neuen Bombardement verschwunden. Indessen ließ sich der Donner der Kanonen von der Armee her wirklich Tag täglich näher vernehmen, und als man am 28. Dezember 1793 Morgens auf den Wall der Stadt gieng, waren alle Feldwachen verschwunden und die Preussen in vollem Rückzuge. Nichts ist dem Jubel und der Freude über diese unverhoffte Erlösung zu vergleichen. Der erste französische Soldat, der zum Oberthore herein ritt (es war ein Dragoner), wurde gleichsam im Triumphe getragen, und es wurde ihm so mit Essen und Trinken zugesetzt, daß er am Ende, betäubt von Weindunst und Jubelschall, vom Pferde fiel und sinnlos betrunken am Boden lag", und weiter:

„Der Schade, welchen das Bombardement an den Häusern der Bürger in Landau verursacht hatte, wurde nach der Hand durch Experten besichtiget und abgeschätzt. Der Verfasser erinnert sich nicht, daß er vergütet worden wäre; aber noch recht wohl, daß sein Haus, welches der Gefahr wunderbar entgangen war, ohne ein besonderes Glück, nach der Blokade noch über seiner Familie und ihm hätte zum Theil einstürzen können. Bey der Wiederbeziehung desselben (er hatte es während des Bombardements verlassen und sich zu seinem Schwager, Herrn Joh. Mich. Groß, nachheriger Platz = Hauptmanns = Adjutant, geflüchtet) bemerkte er ein rundes Loch in dem Bretter Boden des Speichers nicht. Zufällig kam sein

Miethsmann am ersten Morgen in die Küche, wo man eben auf dem Heerde Feuer angemacht hatte, blickte von ungefähr den Schornstein hinauf, und entdeckte eine große Kugel welche zwischen einer Stange und der Hauswand im Schornsteinbusen lag. Man nahm sie herunter, und fand zum Erstaunen eine gefüllte Haubitze, an welcher der Zapfen abgeschlagen war. Die Haus= und Nachbarsleute waren nicht wenig froh über die wunderbare Abwendung der unvermutheten Gefahr". Genauer geht er in seinem Buch - Geschichte der Blockade von Landau im Jahr 1793 – darauf ein.

5) *Assignaten* (Erklärung aus Glöckner / Birnbaum – Geschichte der Blockade von Landau im Jahr 1793):

„*Assignaten* waren Papiermünzen von verschiedenem Werthe, die ihre Versicherung auf den Eintrag der Nationalgüter und Gefälle gestellt hatten. Es gab derselben von 10, von 15, von 25 und von 50 *Sols*; von 5, 10, 25, 50, 100, 125, 250, 400, 500, 1000, 2000 und 10000 *Livres*. Ihrer schon so allgemein eingeführt, daß aller Handel und Wandel mit dieser neuen Münze gemacht und alle militärische Besatzung mit derselben ausbezahlt wurden".

„Ausser seiner eigenen Noth und seinen Drangsalen hatte Landau auch noch die allgemeine Noth zu teilen". Eine der größten war das französische Revolutionsgeld (Papiergeld), die sogenannten *Assignaten*, 1789 ausgegeben, im Grunde eine Form von Staatsanleihen, die, gedeckt durch den Einzug der Kirchengüter, anfänglich verzinst waren. Diese Verzinsung wurde allerdings 1790 wieder aufgehoben. Die *Assignaten* entwickelten sich im Laufe der Zeit zum allgemeinen Zahlungsmittel, verloren aber immer mehr an Wert, unterlagen einer großen Inflation (die Druckmaschine wurde sozusagen „hochgefahren", die Anzahl der Scheine stieg, die der Güter, auf dessen Deckung sich die Assignaten begründeten, nicht, sodaß sie am Ende fast wertlos wurden). Da sie unter schwerer, selbst unter Todesstrafe, für voll angenommen werden mußten, der Besitz und Handel mit Gold- und Silbermünzen zeitweilig verboten war um die Akzeptanz des Geldes zu erzwingen, wurden einige Schuldner ihre Schulden durch einen guten Kauf los, und manche Familie dadurch um ihr Vermögen gebracht und in Armut gestürzt. Ganz natürlich brachte das tägliche Fallen des Papiergeldes eine immer höhere Teuerung aller Lebensbedürfnisse hervor, so daß diese am Ende festgesetzt werden mußte, um dem Bürger die Möglichkeit zu geben, sich das zum Leben erforderliche anschaffen und bezahlen zu können, ein Preismaximum für bestimmte Lebensmittel. Dies geschah durch ein Gesetz, welches man das ´Maximumgesetz´ nannte. In Landau wurde dieses, während der Blockade im September 1793, durch einen Beschluß des Volks Repräsentanten Dentzel eingeführt. Die *Assignaten* wurden in Frankreich 1796 durch sogenannte Territorial-Mandate ersetzt (*mandats territoriaux*), denen letztendlich das gleiche Schicksal der Inflation bevorstand. 1795 begann man schrittweise mit der Einführung des französischen *Franc*, der ersten Währung Europas im Dezimalsystem. Assignaten und Mandate wurden 1797 endgültig als ungültig erklärt.

⁶⁾ *Joseph-Marie Dessaix: Dessaix* war ein französischer Infanterie General und begeisterter Anhänger der Ideale der Revolution. 1789 meldete er sich zur *Garde nationale*, 1809 wurde er in der Schlacht am Tagliamento verwundet, stand aber einen Monat später wieder zur Schlacht an der Piave an der Front. Nach Waterloo und der Abdankung *Napoleons* verließ er die Armee, 1816 erfolgte seine Verhaftung, aber er wurde von Ludwig XVIII., aufgrund seiner Tapferkeit, der Anklage enthoben. Vier Jahre vor seinem Tod 1834 führte er noch einmal die Garde nationale von *Lyon* in der Julirevolution an, die das endgültige Aus für die Bourbonenherrschaft in Frankreich zur Folge hatte.

⁷⁾ *Jean-Charles Pichegru*: 1795 kam er durch Vermittlung eines Schweizer Emigranten mit bourbonischen Agenten zusammen, die ihm im Namen des Prinzen von *Condé* (Ludwig Joseph von Bourbon) ein Angebot machten, wenn er die *Bourbonen* wieder auf den Thron zurück bringen sollte. Als Lockmittel dienten Geld, Landbesitz und das Gouvernement Elsass. Gegenleistung wäre die Öffnung der Festung Hüningen am Rhein und die Übergabe an die Österreicher gewesen. *Pichegru* hatte aber, nach *Adolphe Thiers*, allem Anschein nach nicht ernsthaft vor, darauf einzugehen. Danach kam er aber durch sein nachlässiges Handeln, in den Verdacht, den militärischen Ertrag aus den französischen Siegen zu mindern. Einen ihm, vom neuen Direktorium angebotenen Gesandschaftsposten in Schweden, lehnte er ab, stattdessen ging er ins Kloster, wurde 1797 Mitglied des Rats der Fünfhundert, nach dem Staatsstreich des 4.

September verhaftet und entfloh 1798. Im Jahr 1804, nachdem er seine Verbindung mit den *Bourbonen* wieder aufgenommen hatte, entwarf *Pichegru* mit seinem Komplizen *Georges Cadoudal* den Plan, Napoleon zu ermorden, wurde verhaftet und kurz vor seinem Prozess, im Kerker erhängt aufgefunden, ob er Selbstmord beging oder auf Anweisung *Napoleons* umgebracht wurde, ist ungeklärt.

[8] *Armand Samuel de Marescot*: Er befehligte während den napoleonischen Kriegen gegen Spanien (spanischer Unabhängigkeitskrieg) in den besetzten Gebieten ein Ingenieurscorps. Unter der Führung des Generals *Pierre Antoine Dupont de l'Etang*, *1765, †1840, kam es 1808 zu der verlustreichen Schlacht von *Bailén*, bei der *de l'Etang* und *Marescot* in spanische Gefangenschaft gerieten. Nach der Rückkehr im gleichen Jahr wurden beide vor ein Kriegsgericht gestellt, aber nicht verurteilt. *Marescot* wurde allerdings auf Befehl Napoleons bis 1812 nach *Tours* verbannt und von ihm nicht wieder eingesetzt. 1814, nach der Rückkehr der *Bourbonen*, von König Ludwig XVIII. als erster Inspektor der Ingenieurtruppen wieder eingesetzt, 1815, nach der Herrschaft der 100 Tage (*Napoleons* Flucht von Elba) entlassen, im gleichen Jahr wieder eingesetzt und 1818 nach mehreren Ehrungen (unter anderem 1815 *Marquis* von Frankreich), 1819 schied er aus dem Dienst aus.

[9] General *Ezéchiel du Mas, comte de Mélac* (*um 1630, †1704): *Mélacs* Truppen waren unter seiner Führung für ihre große Brutalität während des Pfälzischen Erbfolgekrieges 1688 – 1697

bekannt. Er betrieb mit „wachsender Begeisterung", und naturgemäß zum Schaden der Bevölkerung, die Taktik der verbrannten Erde. Dadurch wurde sein Name im Südwesten Deutschlands zum Synonym des „Mordbrenners", auch war es bis ins 20. Jahrhundert hier üblich Haus- und Kettenhunden den Namen „Mélac" zu geben, ebenso soll das pfälzische Schimpfwort des „Lackel", für einen ungehobelten, grobschlächtigen Menschen, die namentliche Abkunft von ihm haben. Mélac war von 1693 bis 1702 Kommandant der Festung Landau, und von hier aus für viele Verwüstungen der umliegenden Gebiete, bis nach Rheinhessen und Württemberg verantwortlich. Im spanischen Erbfolgekrieg, bei der Belagerung von 1702 durch Markgraf Ludwig Wilhelm von Baden, musste er nach 4 Monaten kapitulieren und die Festung mit seiner Garnison verlassen.

[10] Der französische Revolutionskalender (republikanische Kalender), grob umrissen, wurde 1789 (Sturm auf die Bastille, An I, deutsch Jahr 1 der Freiheit, erster republikanischer Kalender) ausgerufen, aber erst 1790, bzw. 1792 (Tuileriensturm, Jahr 1 der Gleichheit, zweiter republikanischer Kalender) offiziell eingeführt. Der erste Januar 1790 war der Beginn des zweiten Jahres, An II (Jahr 2). Mit verbunden war eine Umstellung auf das Dezimalsystem, um bei der Trennung von Kirche und Staat keinen christlichen Bezug mehr zu haben, dadurch kam es zu einer Zehn-Tage-Woche (30 Tage zu 12 Monaten eingeteilt in jeweils 3 Dekaden, die Monatsnamen entsprachen republikanischen, und später jahreszeitlichen Ereignissen). Geltungsdauer war bis 31. Dezember 1805 (An 14). Napoleon führte am 1. Januar 1806 wieder den gregorianischen

Kalender ein. In den Teilen Deutschlands und Europas, die während der *napoleonischen* Ära zum französischen Staatsgebiet gehörten, galt der Revolutionskalender als verbindlich in öffentlichen Angelegenheiten.

[11]) Eidverweigerung der Priester: Energischen und anhaltenden Widerstand, der teilweise bald die Form offener Rebellion und eines Religionskriegs annahm, löste dagegen ein Dekret der Nationalversammlung im Zusammenhang mit der Zivilverfassung des Klerus aus, das am 27. November 1790 allen Priestern den Eid auf die neue Verfassung vorschrieb, und die Enteignung nichtkaritativer Klöster und Konvente vorsah, deren Verkauf meist an Stadtbürger erfolgte (siehe Reichsabtei Echternach, Dondelinger). Papst Pius VI., der bereits die Erklärung der Menschenrechte als „gottlos" bezeichnet hatte, verbot den Eid bei Strafe der Exkommunikation. Nur knapp die Hälfte der Geistlichen, hauptsächlich aus dem niederen Klerus, leistete daraufhin den Eid. Frankreich war fortan religiös gespalten, denn insbesondere die Landbevölkerung suchte für die Taufe und andere religiöse Kernzeremonien mehrheitlich die eidverweigernden Priester auf. Die Eidverweigerer wurden daraufhin zu Zehntausenden inhaftiert und deportiert, häufig auch hingerichtet. In den Folgejahren verarmten die von den ehemaligen Kirchengütern abhängigen Bauern, schlugen sich bald auf die Seite des Adels. „Die Revolution lieferte damit dem Generalstab der Gegenrevolution, der ohne Truppen war, das nötige Fußvolk: die eidverweigernden Priester und ihre Schäflein" (Furet / Richet S. 163). Ein Teil dieser Priester fand

1792 in den sogenannten Septembermorden (Septembermassaker) den Tod, als es zwischen dem 2. und 6. September durch den Fall *Verduns* zu einer Massenhysterie kam, und eine große Menschenmenge in die Gefängnisse stürmte, auch zum Teil unter Mitwirkung der Eskorten, und 1200 Inhaftierte, darunter über 300 durch die Verweigerung des Eides einsitzende Priester, ermordet wurden. 1793 wurde die Religionsfreiheit widerrufen, das Christentum verboten, nach der Terrorherrschaft der *Jacobiner* 1795 jedoch wieder zugelassen und 1799 durch *Napoleon* die Ausübung wieder garantiert, allerdings ohne die Macht des römischen Papstes in Frankreich zuzulassen.

[12] Appellationsgericht nach Birnbaums eigener Aufstellung während der Franzosenzeit:

„In persönlichen und Mobiliar = Klagen sprechen die Distrikts = Gerichte von 100 Franken bis auf 1000 in erster und letzter Instanz; in Immobiliar = Sachen bis auf den Ertrag von 50 Franken an bestimmter Rente, Miete oder Pacht, und in allen andern Mobiliar = und Immobiliar = Sachen unter Vorbehalt auf Appellation.

Es giebt keine besondere Appellationsgerichte, sondern der Appellationszug geht von einem Distriktsgericht an das andere. Zu dem Ende sind je sieben Distriktsgerichte als Appellationsgerichte gegen ein Distriktsgericht angewiesen. Den Parteyen stehet frey eines von diesen zu wählen. Sonst hat der Appellant 3 dieser Gerichte in seinem Appell=Akte auszuschließen, der Appellat ihm eine gleiche Ausschließung binnen 8 Tagen notifizieren zu lassen, und das nicht ausgeschlossene Distriktsgericht ist Appellationsgericht. Versäumt der Appellat diese Notifikation, so kann der Appellant nach Belieben vor eins oder das andere der 4 unausgeschlossenen Gerichte laden. Für den Fall mehrer Appellanten und Appellaten von verschiedenem Interesse sind besondere Vorschriften gegeben.

An jedem Distriktsgerichte befindet sich eine Vermittelungs Kammer. Keine Appellation ist zuläßig, worüber nicht vorher der Vergleich bey dieser Kammer versucht worden ist. Diese Kammer hat auch die Armen unentgeltlich zu berathen, und ihre Sachen vor Gericht selbst zu führen oder führen zu lassen".

[13]) Das Reisen mit Postkutschen war sicherlich immer ein Erlebnis der anderen Art. Zum einen waren die Fahrwege nicht durchgehend so breit, daß zwei Kutschen aneinander vorbei fahren konnten, zum andern lag die Reisegeschwindigkeit bei ca. 3 – 4 km/h Ende des 18. Jahrhunderts, was natürlich die Reisezeit beeinträchtigt (feste Straßen waren selten, die sogenannten *Chauseen* nur wenig vorhanden, aber, wenn man das Glück hatte auf einer solchen unterwegs zu sein, erhöhte sich die Geschwindigkeit, durch die breitere und fest geschotterte Oberfläche, hier auf 10 km/h). Wenn der Kutsche ein „*Malheur*" passierte, mußten die Reisenden durchaus auch mal mit anpacken,

wenn keine Hilfe in der Nähe war. Der Komfort lag sowieso weitab unserer Vorstellung (blaue Flecke bei den Insassen waren Normalität, Zeitgenossen berichten sogar von heraushängenden Gliedmaßen aufgrund der mitgenommenen Paketfracht) und die Preise für den Normalbürger, der im Gegensatz zu heute auch keine große Reiselust verspürte, blieben lange Zeit fast unerschwinglich, bis etwa ab dem zweiten Viertel des 19. Jahrhunderts, durch den langsam einsetzenden Betrieb von Pferdeomnibussen. Bei einer Entfernung von 100 km konnte Ende des 18. Jahrhunderts, mit Gespannwechseln, Pausen und Übernachtungen, leicht eine Dauer von 3 Tagen, je nach Zustand der Straße oder Beschaffenheit des Geländes, eingerechnet werden, unter der Voraussetzung, daß eine Anschlußkutsche bereit stand (später duch den Ausbau der Straßen und den reinen Personenverkehr ohne Mitnahme von Gütern Anfang des 19. Jahrhunderts waren es noch 2 Tage, unter etwas verbesserten Reisebedingungen). Aber die Ankunft war noch immer ungewiss, da Räuberbanden schon seit jeher großes Interesse an den mitgeführten Wertsachen zeigten.

[14]) Der Jurist Karl Justus von Gruner war Anhänger des protestantisch und nicht kirchlich geprägten, preussischen Verwaltungsstaates, in den er 1802 auch, zuerst als Kammerrat, eintrat. Sein „Jugendwerk", der zeitgenössisch schon damals umstrittene Reisebericht „Meine Wallfahrt" von 1802/1803, zählt heute als Vorbereitung für die Annektierung des souveränen Fürstbistums und Hochstifts Münster an Preussen, welche dann auch 1803 über den Reichsdeputationshauptschluss erfolgte. Nach

diesem Abschlussbericht wurden die weltlichen Fürsten durch Säkularisation (Verweltlichung) geistlicher Herrschaften für die im Revolutionskrieg verlorenen Besitzstände abgefunden, die geistlichen Fürstentümer aufgelöst. Und dieses Buch soll er als preussischer Spion, während seiner Reise durch Westfalen, geschrieben haben. Gruner selbst war (s.o.) Protestant, und Westfalen, aus seiner Sicht, „völlig rückständig" katholisch geprägt. Gruner starb 1820, mit 43 Jahren, nach einem Verhör durch Geheimpolizisten, an einem Herzanfall, während eines Kuraufenthaltes in Wiesbaden.

[15]) Brief von General *Frimont* in französischer Originalsprache:

„Je suis bien fâché, Monsieur,de ne pouvoir m`intéresser en faveur de la réclamation, que vous me faites l`honneur de m`adresser, vu que je ne me permets aucune influence dans des objets de l`administration civile séaute á creutznach D`ailleurs, il ne dépendra que de vous, Monsieur, de conserver votre place, puisqu`autant que je sais, il ne s`agit point de supprimer les tribunaux judiciaires, cenx, qui ont su, comme vous, meriter par leur caractére distingué les suffrages unanimes.Agréez l`assurance de la parfaite considération, avec la quelle j`ai l`honneur d`etre, Monsieur, votre trés-humble, et trés-obeissant serviteur."
Frimont, Général.

[16] über Max Joseph, dem er stets, von Kindheit an, in tiefer, seelischer Verbundenheit stand, schreibt er in seiner Geschichte der Stadt Landau und der Dörfer Queichheim, Dammheim und Nußdorf:

„Endlich hat die Stadt das Glück gehabt, sich in dem Monate Juny des Jahres 1816 des Besuches ihres neuen Landesvaters, des allgeliebten Maximilian Josephs I. von Bayern, zu erfreuen. Maximilian I. hatte 1508 sein Absteigequartier bey einem Herrn Eberhard von Helmstädt, und Max Joseph 1816, das seinige bey Herrn Medizinal=Rath und Doktor Friedrich Pauli sen. (Vater von Dr. Friedrich Pauli Junior, dem bekannten Ophtalmologen [Augenspezialisten], 1804 gebürtig in Landau, gestorben 1868 ebenda), welches er früher, als Prinz von Zweybrücken und Obrist des französischen Infanterie = Regimentes Elsaß, das in Landau zur Besatzung lag, bewohnet hatte", und weiter:

„Durch den Münchner Vertrag vom Monate April 1816 trat er dasselbe, und zwar die Stadt als deutsche Bundesvestung, auf ewige Zeiten an die Krone von Bayern ab, und am 1. May desselben Jahres erfolgte schon die Uebergabe an Sr. Majestät den König Maximilian Joseph I. Im Monate Juny des nämlichen Jahres noch beglückte der neue Landesvater seine neuen Kinder mit seinem Besuche und hielt sich zween Tage in Landau auf, wo er durch seine Güte und Leutseligkeit alle Herzen gewann. In Queichheim, wo er durchfuhr, hatte man die Häuser mit grünen Reisern bestellt, und die

Straße mit Gras und Blumen bestreuet. Der Bürgermeister, an der Spitze der festlich gekleideten Jugend empfieng ihn vor dem Eingange in das Dorf. Unbeschreiblich war der Jubel bey seinem Einzuge in die Stadt, alles drängte sich um den geliebten Fürsten her, und sein mit Thränen inniger Rührung gefülltes Auge verweilte mit Wohlgefallen auf der entzückten Menge. Den Alten war er von frühern Zeiten her, als Obrist von dem in der Stadt gelegenen französischen Infanterie Regiments Elsaß, theuer geblieben, und die Jungen waren erfreut den gefeyerten Prinzen Max kennen zu lernen, von welchem ihnen ihre Aeltern so viel Schönes und Gutes erzählt hatten, und der nun ihr Landesvater geworden war. Da war keiner seiner ehemaligen Bekannten, dem der herablassende Monarch nicht freundlich die Hand gedrückt, keine Familie, nach welcher er sich nicht erkundigt hätte, kein Unglücklicher, der ohne Trost und Hoffnung und wenige, die mit leeren Händen von ihm gegangen waren. Er machte den Armen der Stadt ein Geschenk von 100 goldenen Napoleons (933 fl. [Florin / Gulden], 20 kr. [Kreuzer]). Einige seiner ehemaligen Bekannten besuchte er sogar ohne Begleitung in ihren Wohnungen. Besonders schien ihm die Aufmerksamkeit zu gefallen, daß man ihm ein ein Absteigequartier in dem von ihm sonst bewohnten Hause angewiesen, und ihm sein altes Schlafzimmer eingerichtet hatte. An der militärischen Haltung der National = Garde und seiner Ehrenwache zu Pferde bezeugte er ein vorzügliches Wohlgefallen; er versprach der erstern zu ihrer sehr schönen Fahne eine mit einer Cravatte, von der eigenen Hand seiner

Gemahlin, der Königin, gestickt, und dieselbe langte auch eine Zeit nachher zur größten Freude der Nationalgarde an. Diese hat sich jedoch derselben nicht lange bedient, da die Nationalgarde vor wenigen Jahren schon sich völlig aufgelöset hat".

[17)] Kompletter Artikel:
„**Zweibrücker Wochenblatt, N$\underline{^{ro.}}$ 78. Dienstag, den 8. Oktober. 1833.**

Zweibrücken, 7. Oktober. Wo dem Freunde und innigen Verehrer seiner Naturgenossen des Erfreulichen so wenig, des Gegentheils so viel geboten wird, da sind einzelne schöne Erscheinungen eben so viele leuchtende Sterne, welche den Wanderer in finsterer Sturmesnacht von Zeit zu Zeit den Pfad erblicken lassen, auf dem er sich und sein heiligstes Gut, den Glauben an die Menschheit, aus dem Gedränge roher Elemente retten kann. Und diejenigen, die des freundlichen Schimmers solcher Lichtstrahlen sich zunächst erfreuen, erfüllen dadurch, daß sie es zur öffentlichen Kunde bringen, eine zwiefach heilige Pflicht, indem sie auf der einen Seite und vor allen Dingen den heißen Dank eines tiefgerührten Herzens offen aussprechen, und auf der anderen Seite ihre Mitmenschen in dem Glauben an die trostreiche Wahrheit bestärken, daß es auch in trüben Zeiten wohlgesinnte Seelen genug gibt, die dem schönen Berufe leben, Licht in die dunkelste Gänze des Schicksals Anderer zu bringen.

Die Familie des verewigten Präsidenten des Appellationsgerichtes für den Rheinkreis, Ritters von Birnbaum, hat schon im vorigen Jahre eben so herzliche, als zahlreiche Beweise der aufrichtigen Theilnahme an ihrem Schicksale erhalten, welche ihr zwar die ganze Größe ihres Verlustes, wo möglich, noch fühlbarer machten, aber ihr auch zugleich die unbezweifelte und wohltuende

Versicherung gaben, daß der Familienkreis des Betrauerten nicht in den engen Gränzen der Verwandtschaft abgeschlossen war. Auf die erste Kunde von seiner temporären (Sie kreuzte sich unterwegs mit seinem rechtlich begründeten und längst nicht mehr geheim gehaltenen Gesuche um defintive Pensionirung) Ruheversetzung erging von hiesigen, wackeren Bürgern, welche den Werth eines Mannes mehr nach seinen unveränderlichen und bleibenden Verdiensten, als nach dem unstäten Barometerstandes einer wechselnden Politik, zu bemessen wissen, eine Subskribtionseinladung an die Bürger des Rheinkreises, die zum Zweck hatte, durch Ueberreichung einer goldenen Dose die Verehrung freidenkender Bürger einem gleichgesinnten Bürgerfreunde auszudrücken, dessen republikanische Laufbahn nie das Geleise des Terrorismus berührte, an dessen Grundsätzen das Kaiserreich nichts zu ändern vermochte, den die konstitutionelle Monarchie nie dem Absolutismus huldigen sah, und der unter keiner Regierungsform seiner Ehre, seinen Pflichten, seinem geraden, rechtlichen und freien Sinn untreu wurde, um Gütern nachzulaufen, für welche der Habsucht und dem Ehrgeiz Alles feil ist. Sein beschleunigter Tod – er ersparte ihm manchen Kummer über unerwartete Veränderungen – raubte ihm und denen, die sie ihm machen wollten, die Freude dieser ehrenden Anerkennung, war aber für letztern eine traurige Aufforderung, ihre Gaben zur Errichtung eines Denkmahls an dem Grabe des Verblichenen zu verwenden. Dieses Denkmahl ist nun vollendet, würdig der Stifter und würdig dessen, dem es gilt. Durchaus von weißem Steine gefertiget und mit einem Fleiße gearbeitet, der den Meister ehrt, zieret er die Mauer des Friedhofs, ein einfaches und schönes Monument eines einfachen und schönen Charakters. Auf dem Fundamente breitet sich ein Postament aus, auf dessen hinterer Fläche zwei in die Mauer eingesenkte, eckige und mit schönem Fuße und Knauf gezierte Säulen sich erheben, während auf der vorderen Fläche zwei runde Säulen, auf zierlicher Basis ruhend und mit geschmackvollen Kapitälern geschlossen, frei emporsteigen. Im Hintergrunde sieht man eine große Nische. Auf den vier Säulen und zugleich auf der Mauer ruhet ein starker, unten gewölbter Architrab, der ein halbovales Fronton trägt, welches in der Mitte das rechts mit Eichenlaub und links mit Lorbeerzweigen umwundene Siegel (einen

Schild mit darunterhängendem Sterne und darin befindlichem Birnbaume) des verewigten darstellt. Mitten vor der Nische und unter der Wölbung des Architrabs stehet, ein freies und festes Leben gleichsam versinnlichend, frei und fest ein ovalrunder, in eine geschlossene Urne ausgehender Denkstein, auf welchem sich folgende, den Sinn der Verfasser beurkundende, Inschrift befindet:

> Johannes von Birnbaum,
> Appellationsgerichts=Präsident,
> geb. den 6. Jänner 1763,
> gest. den 20. Mai 1832,
> durch eigenen Adel groß,
> ein Biedermann und gerechter
> Richter schlummert hier.
>
> ―――――
>
> Ihm widmen dies Denkmal
> der Hochachtung und Liebe
> 1564
> Bürger des Rheinkreises.
>
> ―――――
>
> Der Gerechte stirbt nicht, denn
> das Andenken seiner Werke
> lebt ewig in den Herzen
> seiner Mitbürger

Nach dieser Darstellung ist es überflüssig, noch etwas zum Lobe der Geber zu sagen. Die Schönheit ihrer Gabe ist ihr schönstes Lob. Dies fühlen, wie wir ausdrücklich zu versichern ermächtigt sind, mit dem lebhaftesten Danke die Hinterlassenen des Geehrten; dies fühlt, wie wir zuversichtlich glauben dürfen, mit stolzem Selbstgefühl jeder ächte Bürger des Rheinkreises, der in solcher Anerkennung des Verdienstes eine Bürgschaft erblickt, daß sich immer unter seinen Mitbürgern Männer finden werden, die sich gleicher Anerkennung würdig zu machen wissen."

[18] Der Horstprozess nach Birnbaum aus dem Jahr 1798

Alte Bezeichnung der Himmelsrichtungen (zur Lageerklärung):
In mittelalterlichen, deutschsprachigen Darstellungen (Karten und Schriften), wurden die Himmelsrichtungen auch nach dem Stand der Sonne wie folgt benannt:

- Sonnenaufgang / Morgen für Osten (Orient, Morgenland)
- Mittag für Süden
- Sonnenuntergang / Abend für Westen (Okzident, Abendland)
- Mitt- oder Mitternacht für Norden

Diese Bezeichnungen sind im deutschsprachigen Raum seit dem 20. und 21. Jahrhundert nicht mehr gebräuchlich. Dasselbe gilt für die früher verwendendeten Richtungsangaben Levante (Osten, außer für spezifisch den Nahen Osten) und Ponente (Westen).
(aus Wikipedia)

<u>Horstprozess:</u>

„Neunhundert Morgen Land jenseits der Queich gegen Mittag von dieser, gegen Mitternacht der dortigen Bänne Bornheim, Dammheim, Nußdorf und Landau, gegen Morgen durch jene von Mörlheim und Bornheim, und gegen Abend durch die Vestungs =

Werke und Wiesen von Landau begrenzt. Der Schweinhorst liegt mit seinen 110 Morgen diesseits von Queichheim".

Das Recht am Horst lag bis ca. 1709 bei Queichheim, als um diese Zeit erste schriftliche Einträge des Landauer Magistrats auftauchten, wahrscheinlich ohne das Wissen der Queichheimer, mit folgendem Wortlaut, daß der Ort diesen „bittlich genieße", also auf eine Bitte hin, und nicht auf eine Schenkung von Kaiser Otto, bzw. später von Kaiser Albrecht (lt. Jakob Beverlin, Beschreibung von Kleinfrankreich). Rechtlich bindende Beweise auf eine Schenkung finden sich leider nicht.

Im Jahre 1767 erließ der Landauer Magistrat erstmalig eine Verordnung, längs der Queich Steine setzen zu lassen, um den Landauer und Queichheimer Bann zu unterscheiden, auch vergab er Teile des Banns an königl. Offiziere etc. (Kommandanten, Platz Majore), wodurch Queichheim aufmerksam wurde und die Absicht des Rats allmählich erkannte, den Horst künftig als Landauer Eigentum zu betrachten, obwohl die umliegenden Ortschaften schon von alters her nur vom „Queichheimer Horst" sprachen. Die Ortsvorsteher widersetzten sich diesen unrechtmäßigen Eingriffen, den Magistrat der Stadt aber interessierte dies alles nicht. 1768 versagte sich Queichheim das Bitten um die Weide mit dem Hinweis, dass der Ort Besitzer des Horstes war, daraufhin kam es im gleichen Jahr zum Rechtsstreit zwischen dem Magistrat der Stadt und dem Dorf. Hilfe konnten sich die Queichheimer Bürger innerhalb der Stadt Landau nicht suchen, und auswärts einen fähigen Mann zu finden, der nicht nur aus Geldgier Interesse zeigte („heuchelte") aber sonst nur stümperhaft agierte, war für den Ort ein teures Vergnügen, noch kam erschwerend hinzu, daß der Schriftverkehr, der von 1768 bis 1777 stattfand, in französischer Sprache abgehalten wurde, in jener Sprache, der die Queichheimer Bürger nicht mächtig waren. November 1777 kam eine Kommission aus Kolmar an, unter der Leitung von *Conseiller* (Berater) *Oueffem* des ehemaligen Elsässer Rates, vier von den Parteien gewählten Experten und ihren Anwälten zur Untersuchung der Lage, ob der Horst nun Queichheimer oder Landauer Bann war. Heraus kam eine Patt-Situation der Einschätzung, nur der kleinere Schweinhorst wurde ohne Gegenstimme der Queichheimer Gemarkung zugesprochen. 1782 erfolgte ein Gerichtsbeschluss (*Arret*), daß der Horst Landauer Bann sei, Queichheim jedoch um die Nutzung bitten könne, bei einer Bestrafung von 100 Livres je Übertretung. Daraufhin ignorierte der Ort den Beschluss, bezahlte auch keine Strafe, worauf Landau 200 Morgen Wiese des Horstes mit Pappeln abgrenzen und Bewässerungsschleusen bauen ließ. Bei Ausbruch der Revolution 1789 wurden diese Bäume, die seit der Pflanzung jedem Queichheimer ein Dorn im Auge waren, „im Triumph" von diesen gefällt, die Stadt beließ es immer noch bei Drohungen, bis zum Ende der Blockade von Landau am 28.12.1793.

Zwei Dekrete, eins vom 10.Juni 1793 ? (Birnbaum gibt in seinem Buch das Jahr 1792 an), die Aufteilung des Gemeindelandes betreffend, und das andere vom 28. August 1792, welches die Gemeinden zu Besitzern der Allmende (des Gemeindelandes) erklärte und worauf das umstrittene Land an die Gemeindeglieder verteilt werden sollte, kamen nach der Blockade zum tragen. Daraufhin ließ der Landauer Stadtrat 1794 den Horst vermessen und in Lose aufteilen. Fast die Hälfte des Horstes wurde umgeackert und bepflanzt, der Rest blieb entweder wegen Unzufriedenheit oder Nichtgefallen unbearbeitet, aber auch weil eine Viehweide dringend benötigt wurde, wodurch Uneinigkeit unter den Bürgern entstand, und sie sich in Befürworter und Gegner der Zugehörigkeit des Bannes zu Landau teilten. Die Gegner waren für Queichheim nicht das Problem, da auch der Ort den Horst als Viehweide brauchte. Ein weiterer Erlass gab Birnbaum jedoch im Frühjahr 1795, als er Sekretär der Landauer Distriktsverwaltung war, die Möglichkeit, dagegen vorzugehen. Demnach wurden alle Urteile, Briefe und Erlasse, die nach 1669 ergangen waren, und in denen Gemeinden oder Partikulare (Kleinbauern) ihren Besitz oder ihr Eigentum verloren hatten, mit einem auf 5 Jahre befristeten Einspruchsrecht ausgestattet, und dieses Veto musste durch einen Schiedsrichterspruch geschlichtet werden, was im vorliegenden Fall, durch das Gesetz vom August 1792, gegeben war.

Eine an die Landauer Distriktsverwaltung gerichtete Petition wurde natürlich abgewiesen, aber von der Departementsverwaltung Straßburg, als höhere Instanz, zugelassen, damit begann der Rechtsstreit. Zu den Queichheimer Prozeßführern wurden die Herren Georg Jakob Pfaffmann, Georg Ludwig Bayer, Johannes Zimmer und Johannes Fath, unter der Leitung von Johannes Birnbaum, berufen. Schiedsrichter für Queichheim wurden der

National = Kommissar Kaspar Böll (vom Distriktsgerichtshof Weissenburg) und Tobias Anrich (Gerichtsschreiber ebenda). Für Landau waren es die Herren Funk (öffentlicher Notar) und Keller (Distriktseinnehmer). Queichheim stützte sich auf die Schenkungen, die Aussage Beverlins in seiner Geschichte Kleinfrankreichs (auch Beyrlin / Beurlin, *1576, 1577 bis ca. 1588 in Rhodt, †1618 in Germersheim) und einen Grenzstein am Horst, der die Gemarkungen Dammheim, Bornheim und Queichheim scheidet. Der Landauer Magistrat sprach Beverlin die Glaubwürdigkeit ab (man nannte ihn einen ungelernten Schmierer), verwies auf die fehlenden schriftlichen Beweise und führte die Zunftsteine und Zunftbücher auf, die beweisen würden, daß der Horst schon von Alters her Landauer Eigentum wäre. Durch diese Konstellation der Stimmengleichheit der Schiedsrichter, und der Weigerung Landaus, allen bisherigen Vergleiche zuzustimmen, wurde ein fünfter Richter ernannt, in Person von Oberschiedsrichter Steigelmann aus Weissenburg, der Queichheim den halben Horst zuerkannte. Gegen diesen Urteilsspruch legte, nach der Zeichnung, Landau Kassation in Straßburg ein (Einspruch), allerdings drei Tage verspätet, die zulässige drei Monats - Frist war verstrichen, und bekam Recht, obwohl die Schriftfassung, von der Birnbaum früher unterrichtet worden war, verspätet (nach diesem Termin) erst in Landau vorlag, und Birnbaum mit diesem Hinweis, der Verstreichung der Frist, den Einspruch nicht gelten lassen wollte. Darauf erfolgte die Vorladung Landaus auf den eingelegten Appell, in Anwesenheit der Anwälte Acker für Landau, und Karl Kern für Queichheim, mit dem Ergebnis, daß der Schiedsrichterspruch abgeschmettert wurde, aber eben auch dem Umstand geschuldet, daß der fünfte Oberschiedsrichter

Steigelmann in einem verwandschaftlichem Verhältnis zu Kaspar Böll stand und dadurch die Objektivität nicht gegeben war, und dadurch das Urteil annullierte. Also bereitete sich Queichheim, als einzig gangbarem, erfolgversprechenden Weg, auf einen neuen Prozeß vor. Als Beweise dienten der Auszug eines Ratsprotokolles von 1413, und der am nordöstlichen Ende des Horstes stehende Grenzstein, welcher ausdrücklich in einem mündlich vorgeführten „Steinsatz = Umgangs = Verbal = Prozesses" von 1757 vom Landauer Steinsatz = Gericht unterschrieben und anerkannt worden war, daß er die Bänne Queichheim, Dammheim und Bornheim trennt und zu den am Horst liegenden Boschwiesen, die vom restlichen Queichheimer Bann abgesondert liegen und trotzdem von der Stadt bis dato als Queichheimer Gemarkung anerkannt und zugeordnet worden war. Dies diente zum Beweis, daß der Horst Queichheimer Eigentum war. Dabei kamen ihnen einige Artikel des Gesetzes von 1792 zu Hilfe. Queichheim zog nun Landau aufs neue vor das Straßburger Tribunal, mit dem Begehren, daß ihm der ganze Horst als Eigentum anerkannt worden war, und die Stadt für entstandene Schäden und den Verlust der Nutzung eine Entschädigung von 10.000,- Franken leisten müsste. Landau, das noch glaubte siegreich hervorgegangen zu sein, traf der Schlag hart. Die Kosten für einen neuen Prozess waren für die Stadt ungleich höher, da Birnbaum umsonst, und der Anwalt Queichheims aus Freundschaft zu ihm, für einen geringen Satz arbeitete. Landaus Kassen waren leer, und die Bereitschaft der Bürger zum prozessieren niedrig. Im April / Mai traf sich Birnbaum geschäftlich mit dem Kaufmann und Präsidenten der Kantons = Verwaltung, Georg Albert Meyer, in Landau. Dabei kam auch der Prozess zur Sprache, man einigte sich darauf, einen Vergleich anzustreben, Meyer versprach ihm, mit den zuständigen Personen darüber zu reden, und gab ihm einen Tag später Mitteilung, das ganze angestoßen zu haben. Am nächsten Tag wurde der Stadt ein schriftlicher Vergleich angeboten. Bei einer Bürgerversammlung wurde dieses Angebot angenommen, und die Herren Franz Christoph Schattenmann, Heinrich Bellon, Lorenz Geropp, Georg Michael Brück, Jakob Fried, Johann Baptist Springer und Adam Kern auf Landauer Seite, sowie die Herren Konrad Rapp, Georg Jakob Pistorius, Johannes Zimmer, Georg Jakob Pfaffmann, Thomas Fath, Friedrich Trauth und Johannes Birnbaum als Abgeordnete ernannt. Ende April war die erste Zusammenkunft, die aber ohne Einigung endete. Die darauffolgenden verliefen nicht anders, da die Vorstellungen von beiden Seiten zu weit auseinanderlagen und die Forderungen der Stadt immer höher wurden, ebenso in Queichheim die Angst wuchs, dass man früher oder später, bei Zustimmung dieses Vergleiches, den Horst ganz verlieren könnte. Nach einer hitzigen Debatte, 6 Tage nach der ersten Zusammenkunft, brachte ein Scherz des Munizipal = Agenten Johann Jakob Grieß die Parteien wieder in „vernünftiger und herzlicher Atmosphäre" an den Verhandlungstisch, der Vergleich war in weniger als 15 Minuten geschlossen und nachmittags gegen 14:00 Uhr von allen unterschrieben. In den anschließenden Bürgerversammlungen leisteten an beiden Orten fast alle der versammelten Bürger die Unterschrift, sodaß die Verträge zwischen Queichheim und Landau ausgetauscht werden konnten, und im Mai / Juni vom Civil = Gerichtshof des rheinischen Departements zu Straßburg besiegelt werden konnte, zu welchem der Munizipal = Adjunkt Christoph Schmidt und Johannes Birnbaum abgeordnet worden waren. Damit war der Horstprozeß nach einer Dauer von 30 Jahren endgültig beendet. Hauptstreitpunkt war die Aushandlung einer reinen Weidefläche über 400 Morgen, die nach Abschluß mit Steinen umsetzt, der ewigen und unteilbaren, gemeinschaftlichen Nutzung durch Queichheim und Landau, zukam.